사과나무는
착하다

사과나무는 착하다

초판 1쇄 인쇄일 2020년 11월 4일
초판 1쇄 발행일 2020년 11월 11일

지은이 송영팔
발행처 (재)당진문화재단
주 소 충남 당진시 무수동2길 25-21
전 화 041)350-2932
팩 스 041)354-6605
홈페이지 www.dangjinart.kr

펴낸이 양옥매
디자인 임홍순 임진형
교 정 조준경

펴낸곳 도서출판 책과나무
출판등록 제2012-000376
주소 서울특별시 마포구 방울내로 79 이노빌딩 302호
대표전화 02.372.1537 **팩스** 02.372.1538
이메일 booknamu2007@naver.com
홈페이지 www.booknamu.com
ISBN 979-11-5776-951-3(03800)

이 도서의 국립중앙도서관 출판시도서목록(CIP)은 서지정보유통지원 시스템
홈페이지(http://seoji.nl.go.kr)와 국가자료공동목록시스템
(http://www.nl.go.kr/kolisnet)에서 이용하실 수 있습니다.
(CIP제어번호 : CIP2020045303)

사과나무는
착하다

송영팔 수필집

당진문화재단

작가의
말

　초등학교 졸업 후 출향하여 40년 만에 고향에 돌아왔다. 늘 태어난 곳이 그리웠다. 하찮은 나를 품어 생명을 부여한 소중한 곳이다. 사회복지를 전공한 후 이곳에서 내 꿈을 펼쳤다. 많은 시련과 역경도 있었다. 하지만 많은 이들이 함께하고 도왔다. 협력과 상생의 가치 속에서 보람과 긍지를 갖고 여기까지 왔다.

　그 와중에 뜻깊은 만남이 있었다. 당진문학인들과의 인연이었다. 나루문학 정회원이 되었다. 무엇인가 쓰고 싶었다. 그 단체에서 문학 선배님들의 격려와 지도 아래 조금씩 배워 나갔다. 에세이포레 한상렬 회장님의 수필특강을 들으며 감동했다.

　'수필은 나로부터 시작되는 것이구나!'

　아무것도 모르고 시작하여 기초를 조금씩 다져 나갔다. 초기에 내가 써 놓은 글을 보면 얼굴이 화끈거린다. 스스로 감동받으며 참 잘 썼다 자화자찬했다. 그 시절, 시절 같은 내 모습을 뒤돌아보면 참 부끄럽다.

당진 올해의 문학인으로 선정된 나, 내게 글 쓰는 재능과 지혜는 별로 없다. 하지만 글을 쓰겠다는 열정은 있다. 글은 생명을 가꾸는 예술적 가치가 있는 것 같다. 어찌 보면 인간의 영혼까지 움직일 수 있다는 느낌도 든다. 수필을 쓰며 내가 변한 것 같기에 말이다. 또한 글은 창보다 강하다. 이 말의 의미를 다시 한 번 상고하게 되었다.

올해 나루문학 제40집이 출간된다. 내 안에 문학적 토포필리아Topophillia는 '나루문학의 사람들의 따뜻함', '사람 중심' 인간애人間愛에서 더욱 살아났다. 나루문학은 지금 내가 있고 나를 길러 준 단체요, 참 좋은 사람들의 모임이다. 선구자적 역할로 이끌어 준 19대 회장님, 회원 한 사람 한 사람들에게 머리 숙여 깊이 감사를 드린다. 2020년 당진 올해의 문학인으

사과나무는 착하다

로 선정된 것은 자랑이요, 영광이다. 이 명예가 더욱 빛날 수 있도록 당진의 문학인으로서 더욱 노력할 것이다.

　이 선정 작품들을 해설한 문학평론가님은 "작가라는 사람은 저마다 작은 연못 하나씩을 가지고 있다. 그 연못에 물이 고여 가득 차면 찰랑거리게 마련이다. 그럴 때에 작가는 사색의 두레박으로 가슴에 고인 물을 퍼 올린다."라고 표현했다. 사색의 두레박을 갖고 작가 정신이 넘치는 정성 가득한 수필가가 되도록 노력할 것이다.

　끝으로 당진의 문학인을 발굴하고, 돕고, 함께하는 당진문화재단의 높은 뜻에 감사한다.

2020년 11월
송영팔

1부

고향 심기

내포内浦의 봄

: (decorative dots)

봄바람이 불어온다. 겨우내 움츠렸던 대지에 생명력을 불어 넣는 훈풍이다. 이제 내포内浦는 다시금 기지개를 켠다. 그렇다. 내 고향은 내포 땅 당진이다. 내륙 깊숙이 들앉은 포구란 뜻일 게다.

당진은 내가 태어난 고향이다. 나를 발아하고 생명의 박동을 울려 살찌우게 한 대지이다. 그러니 어찌 소중하지 않으랴. 그래 언제나 귀함이 넘치는 곳이다. 풀 한 포기, 나무 한 그루, 심지어 한 줌의 흙마저, 졸졸 흐르는 시냇물까지 사랑이요, 생명이며, 나의 영혼이다. 열세 살 나이에 고향을 떠나 타향살이 사십 년 동안 내 머릿속을 떠나지 않는 것은 오로지 고향에서 살겠다는 생각이었다.

이제 정말로 고향에 돌아왔다. 금의환향은 아닐지라도 내 평생의 소망을 이룬 것이었다. 귀향하여 사회복지사로서의 내 꿈을 펼치고자 하였다. 그리고 끝내 하고 싶은 꿈을 이루었다.

어느새 12년이 지났다. 그새 작은 꿈을 이루었다 하지만, 가슴속엔 이따금 회오와 절망의 바람이 불기도 하고, 때론 성난 파도가 일기도 했다. 그때마다 나는 긴 한숨을 쉬었다. 왜였던

사과나무는 착하다

가. 그리 청청하고 푸름으로 당당했던 고향의 숲과 산이며, 아름드리 상수리나무와 소나무가 자취를 감추어서인가. 그보다 그들이 베어지고 무너져 내린 그 자리엔 보기에도 섬뜩한 오물들이 여기저기 쌓여 있어서인지도 모른다. 경계 좋던 산촌 여기저기에 검은 폐비닐과 거두지 않은 작물들이 함께 널브러져 있다. 그 모습을 보노라면, 가슴이 아프다.

얼마 전, 미국에서 20년 만에 돌아온 조카와 함께 외할머니의 고향인 한진 포구를 찾은 일이 있었다. 그런데 정작 아이가 그리워하던 외할머니의 옛집은 눈을 씻고 찾아도 찾을 수 없었다. 다만, 해안을 따라 새롭게 조성된 공장들만이 눈에 들어왔다. 고향을 잃어버린 것이었다. 어머니의 품안처럼 늘 보듬어주던 마음의 고향을 누군가 앗아간 것이었다. 눈물을 글썽이던 그 아이의 모습이 지금도 눈앞에 선하다. 미처 깨닫기도 전에 현대문명이란 이름의 디지털이 아날로그적인 우리들 삶의 보금자리를 몽땅 앗아간 것이었다. 아마도 그런 상실감이 아이로 하여금 적지 않은 충격을 주었으리라.

내 고향 당진시는 지금 여러 곳에 산업단지를 조성하고 주택을 건설하며 도로와 항만을 정비하고 있다. 보건·복지 시설을 비롯한 각종 시설 등도 새롭게 건축하였거나 지속적인 개발을 시도하고 있다. 다양한 인프라 구축일 것이다. 한마디로 지역

경제 활성화를 위한 끊임없는 변화이다. 그래서 곳곳마다 도시다운 변모를 갖추고자 노력하고 있다.

하지만 이런 디지털로의 변화만이 최상의 방법일까. 미래를 위한 발전도 소중하지만, 이에 따른 역작용도 만만치 않다는 점을 행여 놓칠까 우려된다. 도시 발전도 좋지만 소중한 정신적 가치를 모두 잃는다면 어찌하랴. 문예의 전당 주변을 문화 중심의 명품 거리로 만들지 못했다. 원룸 천국으로 채운 삭막한 상황 앞에 괴로움과 답답한 마음뿐이다.

위기에는 위험과 기회가 공존한다. 곳곳에 산업단지가 들어서고 아파트 단지가 빼곡히 들어서면 설수록 아름다운 전원도시를 만들기에 최선을 다하여야 하리라. 건설을 위한 건설, 도시를 위한 도시가 아니다. 내 고향 당진이 진정한 명품이 되는 건설, 시민을 위한 도시 건설의 중요함을 잊지 말아야지 싶다.

누구에게든 아름다운 신화 창조의 당진을 보여 주고 싶다. 사랑하는 조카의 외할머니 고향 땅 당진은 세계 최고의 친환경 경제도시라는 것을 자랑스럽게 보여 주고 싶다. 죽어 가고 무너져 내린 숲과 산림의 푸르름을 오래도록 볼 수 있었으면 한다. 제초제를 뿌리며 나를 꾸중하신 할머니께 제초제를 뿌린 그 땅이 복원되려면 200년이 걸린다는 사실도 알려 주고 싶다. 오늘을 살아가는 우리들은 미래에 살게 될 후손들의 생명

사과나무는 착하다

을 보장해 주고 물러나야 하리라.

고향은 우리들의 모태이다. 고향 심기는 자연 보존에서 비롯된다. 디지털 시대에도 우리가 잊지 말아야 할 것은 아날로그의 세계이다. 낭만이 있고 미래를 노래하는 고향 땅이었으면 한다. 그래 한순간도 잊지 말아야 한다. 당진에 살며, 경영하며, 살리겠다는 이들 모두가 한순간도 당진을 사랑하는 마음을 변치 말아야 하지 않으랴. 아름답고 풍성한 고향 당진에서 행복하게 살기를 진정으로 소망한다.

이제, 봄이다. 내포 땅에 봄이 오고 있다. 머지않아 아미산 진분홍 진달래도, 노란 개나리도, 순성길 매화도, 복수초도, 풍년화도 꽃을 피우리라. 슬금슬금 봄이 오고 있다. 그러면 당진을 사랑하는 이들의 입안에 사르르 침이 고이리라. 봄날이 성큼성큼 걸어온다. 내 고향 당진에 봄이 오고 있다. (2014. 3.)

당진군수가 되겠습니다

어머니는 아들에게 장래에 꿈이 뭐냐고 물으셨다.

"당진군수가 될 것입니다."

"아들은 왜 군수가 되려고 하지?"

아들이 답하기를,

"도시락을 먹고 남은 음식을 버렸는데, 친구가 몰래 먹는 것을 보았어요."

그 시대는 원조물자 밀가루 반죽에 아카시아 꽃을 쪄 먹던 시기였다. 군수가 되어 배고픈 동무들에게 한 달에 쌀 한 말씩을 주고 싶어 군수가 되겠다고 한 기억이 있다. 어머니는

"내 아들은 반드시 군수가 될 것이다."

라며 포근히 안아 주셨다. 그날은 초등학교 졸업 후 서울로 유학가기 전날 밤이었다.

그로부터 사십 년이 지난 후, 어머니 아들은 사회복지사가 되어 고향에 왔다. 쉰세 살이었다. 군수는 되지 못했지만 사회복지시설 관장이 되었다. 저소득층 주민의 자활 자립을 위해 일하는 곳이다. 사회복지관장으로서 십이 년 동안 당진에서 가장 어려운 분들과 함께했다. 정년 이후는 '음식복지관으

사과나무는 착하다

로 세상을 열자!'라는 미션으로 밥 짓는 공장 사회적기업을 창
업했다. 어머니와의 약속, 당진군수는 아니지만 가슴속에 간
직했던 꿈을 이루었지 싶다.

당진군수, 한때 철없는 생각을 가진 적이 있다. 선거로 정치
인들이 분주하게 움직이고 있을 즈음. 문득 어머니와의 약속
처럼 한번 도전해 볼까 나를 돌아보며 평가해 봤다. 아직 팔팔
한 오십 대였다. 스스로 생각하기를 나에겐 전문성과 능력, 학
벌, 학연, 지연 등 지지 기반이 있다. 나름 준비한 정책과 공
약도, 감동의 연설도 자신했다. 생각만으로도 군수가 된 것처
럼 가슴이 뛴 적이 있다. 그렇지, 난 군수가 될 수 있어.

그러던 어느 날 지역신문 칼럼을 읽었다. 숭어와 망둥이, 꼴
뚜기를 비교하면서 선거에 도전한 사람들을 향한 경고성 메시
지였다. 의미심장하여 꼼꼼하게 읽어 보았다. 가슴에 손을 얹
고 생각했다. 그래, 난 어물전 망신 꼴뚜기가 아닌가! 그 꼴뚜
기는 당진을 움직이고 미래를 열어 갈 행정 달인도 아니다. 시
민의 행복과 안전은 안중에 없고 오직 정치에 목숨을 건 사람
도 아니다. 기회를 넘보는 정치 철새도 아니다. 정신을 차렸
다. 난 사회복지사이지, 정치꾼이 아님을 알게 되었다.

『정도전』을 읽었다. 선구자의 발자취에 깊은 감동으로 심장
이 뛰었다. 그 시대 가여운 민중처럼 살아가는 사람이 아직도

많다. 민초들의 생생한 삶의 고통을 사회복지 활동을 통해 보았다. 저들의 아픈 흔적들을 이대로 방치할 것인가. 가난은 나라님도 구하지 못한다 했는데…. 나 한 사람이 노력한다고 될 것인가. 아니다, 한 번에 한 사람이라도 함께 가야지. 그것이 소신이 되었다. 사회복지사의 역할은 사람의 지금 여기now and here 문제를 해결하도록 돕는 것이다. 사명감으로 책임과 의무를 다하는 것이라 생각했다.

지금 시대는 먹을거리가 지천이다. 쌀이 넘치고 쌓인다. 하지만 이 풍요 속에 어떤 일인지 아직도 굶는 사람, 한 끼 밥을 먹기 힘든 사람이 아직도 많다. 독거노인 등 사각지대에 방치되어 있는 취약 계층이 그렇다.

어머니와 약속한 '동무들에게 쌀 한 말씩을 나누어 주려는 생각에 당진군수가 되겠다'는 것. 그 약속을 이루기 위해 밥 공장 사회적기업 '당진쌀밥도시락'을 세웠다.

'얘들아, 아침밥 먹고 공부하자!', '90세 이상 어르신 저녁 진지상 차려 드리기', '결식우려아동 점심도시락 배달사업' 등 음식복지관으로 세상 열기 미션은 실천되고 있다. 많이 돕고 함께하는 선한 사람들 덕분이다. 군수도 할 수 없는 일을 내가 해냈다. 그러니 난 어머니와의 약속을 지켜 낸 것이나 다름없다.

초등학교 시절 가난했던 동무들은 지금은 모두 부자다. 논도 있고, 밭도 있다. 암소를 수십 마리 이상씩 키우는 목장도 소유했다. 당진에서 사과나무를 제일 많이 심은 친구도 있고, 큰 회사의 대표이사도 있다.

그러니 나도 내 고향에서 행복하게 살고 있다. 살아 움직일 때까지, 군수는 될 수 없을지언정 내 안에 군수는 결코 포기하지 않으리라. (2016. 6.)

어머니와의 약속 '음식복지관으로 세상을 열자!'
밥공장 당진쌀밥도시락 전경

아들의 꿈

어머니!
아들에게 꿈이 뭐냐고 물으셨습니다

군수가 될 것입니다
배고픈 이들에게 쌀 한 말씩 나누어 주려고요

아카시아꽃에 밀가루 범벅
겨울 나뭇가지처럼 힘든 시절이었습니다

아들은 반드시 군수가 될 것이다
어머닌 애잔하게 안아 주고
여린 가슴에 높은 기상 주셨습니다

그날은 국민학교 칠 학년[1] 마치고
서울 유학 가기 전날이었습니다

그 후 아들은

22　　　　　　　　　　　　　　　　　　　　　　　　사과나무는 착하다

쉰세 살에 사회복지사가 되어
고향에 돌아왔습니다

세상은 풍성하지만 굶는 사람이 아직 있기에
'음식복지관으로 세상을 열자!'며
밥 공장을 세웠습니다

당진군수
아들의 꿈 어머님과의 약속
조금은 해냈습니다

*PS: 수필 「당진군수가 되겠습니다」 중에서

작가가 만든 당진쌀밥 도시락

---

1) 칠학년: 서울 유학을 위해 6학년을 두 번 다녔기에 표현함

2부

사회복지사는 말하고 싶다

사회복지사, 그는 누구인가!

　유명 TV 방송 매체가 '사회복지사가 세상을 변화시킨다!'라는 제목으로 장시간 동안 사회복지사에 대한 이야기를 다룬 적이 있었다. 사회복지사들의 역할과 가치를 높이 인정하고자 했다. 어려운 근무 조건과 열악한 처우에 대해서도 밝혔다.

　사회복지는 취약 계층에게 단순히 최저생계비를 지원하는 것만은 아니다. 심리적·사회적·경제적으로 힘든 사람에게 삶의 의욕을 불어넣어야 한다. 자활의식을 높여 스스로 극복할 수 있도록 지원해야 한다. 이것이 선별적 복지에서 선행되어야 할 조건 중 하나라고 늘 생각해 왔다.

　사회복지사는 국가의 복지제도나 복지예산만큼 그 역할의 중요성이 크다. 그들은 모든 사람들이 행복한 삶을 누릴 수 있도록 노력한다. 복지제도가 촘촘히 실현될 수 있도록 실천가로서 최선을 다한다. 그리고 공공부조의 혜택을 누릴 수 없는 사각지대에 놓인 주민을 찾아내 지역사회의 자원을 동원하여 그들을 돕는다.

　사회복지의 진실은 이렇다. 물고기를 매번 잡아 주는 것은 옳지 않다. 수혜 대상자에게 낚시 도구를 제도적으로 공급하는 것이다. 그리고 도구의 사용법을 터득하게 한다. 또한 물고기를 잡을 수 있는 장소를 함께 찾아낸다. 스스로 취한 물고기를 요리하여 먹게 하고, 이웃사촌과도 나눌 수 있도록 생각하게 하는 것이다. 이것이 지역사회 공동체를 만들어 가는 사회복지의 진실이라고 생각한다.

이런 역할을 수행하는 사람이 사회복지사다. 그 중심에는 언제나 사회복지사가 있다. 우리 사회는 사회복지사와 자원봉사자를 같다고 생각했다. 좋은 일을 하는 사람들이다. 심지어 사회복지사 자신도 그렇게 생각하고 있었다. 때문에 사회복지사가 자신의 급여에 대해 문제를 제기하면 수준 낮은 사람으로 인식하는 경향이 있었다.

그랬던 생각은 이제 변화되고 있다. 어느 포털 사이트 설문에서 대한민국에서 가장 존경받는 직업이 무엇이냐는 질문에 '사회복지사'라는 결과가 나왔다. 존경의 이유는 윤리의식(35.4%)이었다. 대학생 일천이백 명에게 물었던 결과였다. 나는 행복했다. 젊은이들로부터 인정받았기에 자부심과 긍지, 용기백배가 된 큰 응원이 되었기에 그랬다. 향후 사회복지사는 유망한 미래의 직업이 될 것이라 확신한다. 사회적 병폐와 일탈 현상은 물질문명이 발달하면 할수록 늘어나기 때문이다.

그럼에도 불구하고 수많은 경력의 사회복지사가 다른 직종으로 자리를 옮기고 있다. 일하는 만큼 처우 및 지위 향상을 배려해 주고 있지 않기 때문이다. 가난하다는 것, 오죽하면 사회복지사끼리 가정을 꾸리면 수급자가 된다는 것. 그냥 웃어 넘기기에는 서글픈 현실이다.

난 20년 정도 사회복지사로서 근무했다. 박봉의 살림살이, 평생 아파트 한 채 마련하지 못했다. 내가 관장으로 취임할 때였다. 바로 손위 누나가 말했다.

"동생아, 관장 되면 뭐 하냐? 돈을 많이 벌어야지!"

늘 살림살이가 어려운 동생을 위해 물심양면으로 도왔던 누님이었다. 내가 좋아하는 일이니 괜찮다며 스스로를 위로했다. 정년한 지가 엊그제 같은데 벌써 오 년이 지났다. 평생 긍지로 여겼던 사회복지사 직업은 진정 존경받았는가! 지금 의문을 제기하지 않을 수 없다.

사회복지의 날을 맞이하여 요청한다. 사회복지사가 행복하면 국민은 더욱 행복해진다. 사회복지사가 자부심과 직업적 긍지를 가질 수 있도록 모든 사회복지사들에게 '단일 급여 체계'를 실시해 달라.

이 외침은 대단히 옳다. 반대할 국민은 아무도 없을 것이다. '사회복지사 등의 처우 및 지위 향상을 위한 법률'도 이미 오래 전에 국회에서 제정했다. 묶어 놓지 말고 과감하게 실천해 줄

사과나무는 착하다

것을 요청한다.

사회복지사는 빛과 소금이다. 그리고 당당하다. 이 시대에 젊은이로부터 가장 존경받는 직업 중 최상위에 있다. 그러니 사회복지사여, 끊임없이 변화하자! 양심에 따라 행동하고 사회적 의무에 충실하자. (2019. 9.)

당진돌봄사회사회서비스센터 사회복지사들과 함께

돌봄 일기

    지금 새벽, 사경四更쯤이다. 어두운 창밖에 겨울비가 내린다. 멀리 진눈깨비 속 가로등불이 홀로 쓸쓸하다.

    밤새 잠을 설쳤다. 두 시간 정도 간격으로 잠이 깼었다. 다시 잠든 사이 꿈속을 헤맸다. 옛날에 키우던 애완견이 보였다. 시골 마당에 키우며 돌봄을 소홀히 했더니 꿈속에서도 짖어 댄다. 녀석은 대단히 서운했던 모양이다.

    요즈음 들어 잠자는 모양새가 졸음 닭 같다. 나이 탓도 있겠거니와, 이것저것 근심거리가 많은가 보다. 세월 가니 몸 상태가 변하는 것이겠지. 오늘따라 잠을 설친 이유가 있다. 독거어르신 병원 진료 차 이동 서비스가 있기 때문이다. 약속한 것이 있으면 지켜 내지 못할까 봐 염려증이 생겼다. 약속 시간이 얼마 남지 않았다.

    여덟 시까지 도착해야 한다. 도와줄 사회복지 실습생을 중간에 태웠다. 그가 따끈한 대추雙和탕을 권한다. 그의 마음 씀에 넉넉한 고마움이 있다. 누군가를 배려한다는 것이 얼마나 소중한 것인가. 내 자신도 그것을 잊고 있는 것은 아니겠지! 따뜻한 기운이 온몸으로 퍼졌다. 초겨울 비는 계속하여 내렸

                                       사과나무는 착하다

다. 넓은 벌판 사이 좁은 농로 길. 오십 년 운전 베테랑도 조심히 달린다. 옆 좌석 실습생이 염려스러운 듯 손잡이를 꽉 잡고 있다.

할머니 집은 고개 너머 외딴집이다. 그곳으로 가는 길은 세 갈래 길이다. 산비탈 길은 내리막이라 위험하고, 언덕길은 아차하면 미끄러질까 봐 겁이 났다. 논두렁 사잇길은 멀리 돌아야 하지만 평지라 안전한 길이다. 이제 도착지는 얼마 남지 않았다.

저 멀리 빗속에 우산이 보였다. 이른 아침에 누군가 논두렁 길에 서 있지 않은가. 설마 그분이, 바로 그 할머니였다. 할머니는 지팡이를 짚고 우산 들어 빠끔히 웃는 얼굴을 내밀었다.

"길이 미끄러워 우리 집까지 오면 위험해서 내가 여기까지 걸어왔어."

8시에 약속했는데 7시에 출발하신 것이다. 불과 오백 미터 길, 한 시간씩이나 앉고, 서다, 아기 걸음마로 여기까지 온 것이 아닌가. 감사한 마음은 뒷전이었다. 이 겨울비 미끄러운 길에 낙상이라도 했으면 어쩔 뻔했나. 대뜸 할머니한테 소리를 질렀다.

"누가 여기까지 나오라 했어요."

"이쪽으로 올 줄 알고 기다렸지."

할머니의 자애로운 마음은 이해되지만 너무 위험한 순간이었다. 정신이 번쩍 들었다. 이런 상황을 예측하여 안전에 대비하지 못한 것이었다. 다음부터 이러면 안 된다며 당부에 당부를 거듭했다. 그런 내 언행이 할머니는 내심 섭섭하신 모양이었다. 그분은 평소에도 극성 행동이 간간이 있었다. 사전에 이동하지 말고 집에서 기다리라고 통보를 했어야 했다. 만약 낙상사고가 발생했다면 나와 담당 사회복지사는 책임을 면할 수 없었을 것이다.

천안에 위치한 병원까지 가는 시간은 육십분 정도다. 이동하는 동안 할머니 얘기 보따리 풀어놓음은 여전했다. 무슨 사연이 그리 많은지. 이런저런 그분의 개인 역사 얘기는 계속된다. 아들·사위는 단골 주인공이다. 오늘은 하늘나라 간 남편이 주인공이다. 가난한 집으로 시집와서 고생한 이야기, 보따리 장사로 집안을 일으킨 것, 논도 샀고 밭도 장만하고 아들딸 대학까지 가르친 것 등등, 갖가지 사연과 한 많은 얘기는 트럭으로 가득하고도 남으리. 늘 혼자 계셨으니 서비스 맨과 말동무하는 길이 퍽 좋으신가 보다.

"아! 그래요. 대단하셔요."

술렁술렁 듣는 둥 마는 둥 장단을 맞추며 병원에 도착했다.

오늘은 막내딸이 기다리고 있었다. 효성스런 자녀들이다.

사과나무는 착하다

소화기내과, 신경과(파킨슨증후군 의심), MRI 촬영, 안과까지 진료를 마쳤다. 점심시간이 겹쳐 식사하며 담소했다. 그동안 자녀 3명과 막내사위가 한 달에 몇 번씩 번갈아 가며 병원 동행을 했다고 했다.

"이런 제도가 있다는 것을 몰랐습니다. 너무 좋습니다."

만족해하는 가족들의 표정을 보니 보람 있는 하루였음에 틀림없다.

수혜 대상자 집에서 출발하여 병원까지, 진료 중에도 근접 밀착하여 안전하게 보호한다. 진료 후 집까지 편히 모신다. 전국 최초로 수행하는 특수차량이동서비스 사업이다. 이 사업이 전국적으로 확대되어야 하는 이유를 잘 알고 있다. 그렇게 되는 날을 고대苦待한다.

약국을 들르는 것이 마지막 업무였다. 여기저기 병의원에서 처방되는 약은 집에 있는 것까지 합치면 한 자루는 되는 것 같다. 할머니 댁까지 무사히 돌아왔다.

소독제를 듬뿍 내 손에 담아 할머니 손에 발라 드렸다. 내 어머니처럼. 오늘도 어머님은 내 얼굴을 빤히 올려다봤다. 서로서로 행복한 하루였다. (2019. 12.)

명품 복지

    복지 바람이 불어온다. 명품 복지가 우리 곁에 따스하게 찾아왔다. 그것은 행복한 훈풍이다. 그렇다. 모든 국민이 건강하게 살아갈 수 있는 사랑의 선물이다.

    각종 공공부조성 보험제도는 더욱더 발전하고 있다. 전 국민이 수혜를 받는 국민건강보험은 제도 중에 으뜸이다. 수혜자의 범위를 넓혀 가고 있다. 국민 개개인의 형편에 맞는 맞춤 돌봄사회서비스도 시작됐다. 세계 어느 나라도 따라올 수 없는 제도적 쾌거이다. 그 제도의 가치는 최고의 명품이라고 말하고 싶다. 특히 전 세계 대유행병의 대처 능력은 우수했다.

    봉건시대에도 백성을 생각하는 선각자는 있었다. 그 시대 그들의 구도정신과 연민사상은 진실로 감동이다. 역사 속에 묻혀 있지만 의창義倉[1], 상평창常平倉[2] 같은 제도의 시행을 접할 때 심장이 쿵쿵 울렸다. 이 제도의 시행 목표는 가난한 백성의 행복이었다. 참 좋은 결과를 냈다. 하지만 칠흑 같은 어두운 면도 있었다. 그것은 본질을 흐리고 개인의 치부로 일관한 탐관오리들 때문이었다. 그 당시 수혜를 기대했던 선한 민초들은 고난과 고통을 감내해야만 했다.

사회복지에 예산을 많이 투입하면 나라 살림살이가 거덜 난다. 큰 사고가 날 것처럼 호들갑 떠는 사람들이 있다. 실제로 복지예산을 많이 투입하여 경제가 파탄된 나라도 있기는 하다. 하지만 그것은 집행하는 자들이 착취했거나, 갖가지 수단을 동원한 부정수급자들 때문이었다. 또한 그것을 찾아내는 능력이 부족했기에 그렇다. 어느 사회학자도 복지예산을 많이 투입하여 나라가 망했다는 이론적 근거는 아직 확인하지 못했다. 그 정책과 제도는 잘못된 것이 아니라는 사실이다.

　우리 사회 이삼십 년 전만 해도 세리의 공포적 착취, 행정의 급행료, 은행 대출 시 꺽기와 수수료, 거리 교통경찰 뻥땅의 행태를 경험했었다. 지갑 속 운전면허증 밑에 만 원짜리 지폐를 접어 넣고 다녔다. 지금 생각하면 우습다. 모두 과거에 묻혀 있다. 이 시대 공무원은 공정성을 담보로 예산을 집행하려 한다.

　복지국가의 책무는 구성원들의 삶을 위해 최선의 것을 선택해야 한다는 점이다. 우리 대한민국도 복지예산을 합당하게 집행하려면 새로운 제도가 필요하다. 조상들이 의창미義倉米[3]라는 제도를 실시한 것처럼 사회복지세를 화두에 올려야 한다. 누구나 소득과 재산만큼 정당하게 세금을 납부하면 된다. 어찌 보면 많이 가진 자는 억울한 면도 있을 수 있다. 낸 것보다

수혜가 적을 수도 있기에 말이다. 그러나 참 좋은 나라, 우리 후손들이 행복한 삶을 위해 그 정도는 감내해야 되지 싶다. 그 것은 공평한 복지수혜를 이루어 내기 위한 우리의 몫이다.

사회복지세를 제도화해야 한다. 전 국민에게 기본 수당을 지급해야 할 이유는 무엇일까! 코로나19 사태에 직면하며 우리는 그 필요성을 경험했다. 사회복지세는 보편적 복지를 이루어 내는 초석이다. 그것은 전 국민에게 미치는 형평성과 사회적 평등 수준을 높일 수 있다. 사회적 재생산의 수단이 될 것이며, 지속 가능한 성장 동력을 높일 수 있다. 머지않아 이 제도를 시행될 시기가 올 것이라 기대한다.

우리 사회는 지금 경제적 위기에 놓여 있다. 그 와중에도 대부분의 국민은 주민세, 교육세, 국방세 등 다양한 세금을 성실히 납부하고 있다. 나에게 국가가 사회복지세를 내겠냐고 묻는다면 두 손 모아 환영하며 승낙할 것이다. 모든 국민이 건강한 삶을 위한 사랑의 선물이 될 것이기 그렇다.

사회복지는 인간의 삶 속에서 상위 개념이다. 우리들 가슴에 불어올 따뜻한 훈풍, 복지바람, 사회복지세는 명품복지가 될 것이다. 이 순간에 난 사회복지사로서 이십여 년 동안 활동하며 과연 최선을 다했는가 뒤돌아보았다. (2020. 6.)

사과나무는 착하다

나의 삶 나의 건강 경로당 강의 중

행복을 전하는 따뜻한 허그 기부차량

---

1) 의창義倉: 의로운 창고. 춘궁기 어려운 백성에게 빌려주고 추수 후 갚게 함.

2) 상평창常平倉: 항상 물가를 일정하게 하는 창고. 곡물이 흔하면 사들이고 곡물
   이 귀하면 내보내어 물가(량)를 조절하는 창고로서의 기관. 모두 백성의 궁핍을
   덜어 주는 사회보장제도라고 하였음.

3) 의창미義倉米: 당시 복지정책을 합당하고 공평하게 유지하려는 제도 중 하나.
   제도를 시행하기 위한 자금 확보 정책으로서 조세 대상의 토지나 지목의 넓이에
   따라 세금을 부과하였다고 함. 기금을 확보하려는 대책.

복지 생각

복지에 대한 사회적 담론이 있었다. 그것에 대한 화두는 무상급식이었다. 그것의 핵심은 선별적 복지와 보편적 복지였다. 전자는 기본적으로 '필요한 곳에 필요한 만큼 주자'는 것이다. 모든 학생들에게 혜택을 주지 말고 가난한 대상자에게만 주자는 것이요, 후자는 '대상자를 선별하지 말고 모든 학생에게 주자는 것'이었다. 결국은 보편적 복지가 선택되었다. 후자는 수혜자를 선별하는 과정에서 낙인 현상을 우려했고 전자는 복지 포퓰리즘이 될 것이라 했다.

당리당략을 중시하는 정치인들의 생각은 이러했다. 우파라는 권력 집단은 "서민들과 어렵게 사는 사람들에게 무상급식을 하는 것이 복지지, 가진 사람들에게까지 무상 급식하는 것은 복지가 아니라 국민 세금으로 쓰지 않아야 될 곳에도 쓰는 좌파 복지 포퓰리즘이다."라 했다.

한편 좌파라는 권력 집단은 "참 어안이 벙벙한 얘기다. 현재 결식아동에 대한 무상 급식이 진행되고는 있지만 이 결식아동들은 대개 극빈층이고, 초중고생의 대부분은 서민과 중산층의 자녀들이다. 한 반에 2~4명의 아이들에게 급식을 제공한다고

사과나무는 착하다

해서 서민에게 무상급식을 제공한다고 주장하는 것은 사실과 다르다."라고 주장했다. 정리한다면 한쪽은 국민 누구에게나 합당한 복지를, 다른 한쪽은 재정의 문제를 거론한 것이다.

보편적 복지는 다양한 곳에서 이미 진행되고 있다. 대한민국 국민에게는 4대 의무가 있다. 국방, 납세, 근로, 교육의 의무이다. 남자라면 누구나 군대를 가야 한다. 복무 기간 동안 '의식주'는 물론 '총값, 총알값' 등을 지불하지 않고 의무를 마친다. 그 복무 기간 동안 부잣집 아들과 가난한 자를 선별하지 않는다. 본인은 물론 국가의 안전을 위해 실천하는 의무이다. 당연히 국가가 무상으로 제공한 안전한 보편적 복지 제도하에서 수행된 것이라고 아니할 수 없다.

학교 급식도 교육의 의무를 실천하도록 하기 위한 것이니 국방의 의무와 다를 바 없다. 교육의 의무는 헌법에 보장된 권리로서 국방 못지않게 중요하다. 이 땅의 자녀들은 초등학교 6년, 중학교 3년, 고등학교 3년 동안 교육의 의무를 수행한다. 모두 합쳐 십이 년이다. 이 기간 동안 학교의 담장 안에서 정해진 시간, 규율, 규칙하에 관리되고 있다. 학교에 있는 시간 동안 국가가 보편적 복지를 제공하는 것은 당연하다.

학교 급식은 보편적 복지로서 이 사회에서 긍정적인 정서로 자리 잡았다. 산재되어 있던 다양한 것들을 해결해 냈다. 자라

나는 청소년에게 향했던 낙인 현상이 없어지고, 편식 등 불균형적 영양 공급의 해소로 성장 발육에 큰 역할을 했다. 지역에서 생산되는 신토불이, 친환경급식으로 안전밥상이 정착되었다. 매일 도시락을 준비하는 엄마들의 수고를 덜었다. 학교에서 공부하는 동안 자녀들의 먹을거리 걱정을 해소하는 데 기여한 것이다.

한때 당진시는 충남 최초로 결식우려아동에게 아침밥을 매일 제공했다. 세금으로 집행하는 것이다. 선별적 복지 프로그램 중의 하나였다.

하지만 이 사업을 진행하는 동안 부유층 자녀에게도 제공한 사례가 있다. 왜냐하면 부자富者지만 부자父子가정이기 때문이었다. 아빠가 아침밥을 할 수 없는 지경에 처했을 때는 공급한다. 이것은 보편적 복지 속의 선별적 복지인 것이다. 보편과 선별 속에 '무상급식'이라는 것은 복지 철학의 차이일 뿐이다.

부자나 가난한 사람이나 처해 있는 환경에 맞게 수혜를 받아야 한다. 그냥 대한민국의 복지는 형평성에 맞는 사회적으로 평등한 복지를 펼쳐 나가는 것이 옳다. 사회복지사가 생각하는 복지는 "보편적 복지 속에 선별적 복지가 기대어 있고 선별적 복지는 보편적 복지 속에 들어 있다."라는 것을 강조하고 싶다.

사과나무는 착하다

행복해지려 봉사합니다

인간에게는 하나님이 주신 특별한 은혜가 있다. 그것은 남에게 봉사하며 자선을 베풀고 싶은 은혜일 것이다. 어찌 보면 사랑 욕망이다. 하지만 그 욕망을 좀처럼 행동으로 옮기지 못한다. 그 이유는 단순하다. 하고자 하는 사람에게 기회가 주어지지 않았거나 용기가 없어서이다.

교과서적 자원봉사의 원칙과 종류가 있다. 자발성, 공익성, 지속성, 무보수성이요, 그 종류로는 물질로 하는 것, 노동으로 하는 것, 장기 기증, 헌혈, 인체조직 기증 등이 있다. 사람들은 자원봉사를 아주 어려운 것으로 생각한다. 아무나 하지 못하는 특별한 행위라고 생각할 수 있다. 그러나 봉사는 누구나 마음만 먹으면 할 수 있다. 그 영역은 매우 넓고 깊다. 따뜻한 사랑의 손길은 언제나 모자란다.

대학 시절 『행복해지려 기부한다』는 제목의 책을 읽었다. 그 후 사회복지 동문 몇 명이 뜻을 모아 특수장애아동 SST[1]센터를 운영했다. 장애아동·청소년들의 사회 적응 훈련을 돕는 센터였다. 또한 그 원가족들의 쉼을 돕는 일도 함께했다.

우리 센터에는 많은 아이들이 참여했다. 배고플 때 흙이든

비누든 눈에 보이는 것은 일단 먹어 보는 아들, 유난히 방귀 소리(뿅! 뿅! 뿌우웅!)에만 반응하며 깔깔 웃는 아들, 자전거가 서 있으면 무조건 타고 달리는 아들, 다마스·스텔라·봉고 등의 자동차 이름만 외우는 아들, 하루 종일 흥얼흥얼 노래만 부르던 딸, 아무 데서나 옷을 벗는 아이, 열까지도 헤아리지 못하는 큰딸도 있었다.

이 아들딸들이 "엄마"라고 부를 때 '엄' 자 한마디라도 말하게 하고 싶었다. 열까지는 못 세어도 지금 '하나=일'이라고 표현하게 하고 싶었다. 열정의 봉사자라면 공감할 수 있으리. 어찌 보면 자원봉사자들의 한결같은 소망일 수도 있다.

사회복지 시설을 운영하니 자원봉사 활동에 관련하여 문의가 자주 온다. 특히 초중고생 학부모로부터 연락이 온다. 안면이 있는 사람도 있고 생면부지의 사람도 있다. 어느 날 절친한 지인인데 손자 자원봉사 때문이라며 연락이 왔다. 봉사하려 해도 할 곳이 없다. 아는 사람이 없어서 확인서를 발행받기 쉽지 않다며 불만을 표시했다.

이때 황당한 일이 일어났다. 자원봉사 확인서를 월요일까지 제출해야 된다는 것이다. 난 별스럽지 않게 토·일요일에 봉사할 수 있으니 보내라고 했다. 그 지인은 손자가 학원에 가기 때문에 할 수 없다 했다.

사과나무는 착하다

"봉사는 다음에 할 것이니 확인증을 먼저 발행해 줘."

라는 것이다. 절대 있을 수 없는 일이라고 했더니 기부금을 내겠다며 사정했다. 잠시 침묵이 흘렀다. 언짢은 기분에 하지 말아야 할 소리를 했다. 사회복지사로서 어찌 그렇게 말했는지.

"시간당 일백만 원."

날 믿고 부탁한 지인에게 심한 표현으로 거부했다. 지인은 표현하기조차 거북한 욕설과 함께 전화를 끊었다. 한동안 그와는 연락이 끊겼다. 사회복지사로서 함부로 말한 죄가 크다. 좀 더 설득했어야 했다. 깊이 반성했다.

사회복지사가 바라는 자원봉사가 있다. '열린의사회'처럼 전문봉사단도 필요하다. 하지만 자원봉사는 누구나 의미 있고 즐겁게 동참할 수 있어야 된다고 생각한다. 시인이 시詩를 쓰듯, 영화감독이 영화를 만들어 내듯 자원봉사에도 작품성이 있어야 한다. 라면 박스, 화장지 수십 통을 앞에 놓고 사진 촬영하는 것은 어찌 보면 볼썽사납다.

동지섣달에 노인시설을 방문하여 담백한 팥죽 만드는 '팥죽 쑤는 사람들' 봉사단처럼. 결식우려아동 도시락 배달 시 엄마는 운전하고 자녀가 전달하는 것처럼, 자녀들과 함께하는 가족봉사단은 생각만 해도 기분 좋은 일이다. 이렇게 따뜻함이 넘치는 봉사단이 실제 존재한다. 이런 봉사단이 더 많이 생겼으면 참 좋겠다.

자원봉사를 실천하고 행복을 느꼈던 봉사자에게는 반드시 할 일이 있다. 내 주변의 많은 사람들에게 적극적으로 권장하는 것이다. 봉사하면 행복해진다는 사실을 알 수 있도록…. 자원봉사는 사회구성원의 의무라고 감히 말하고 싶다. 우리 사회 공동의 선을 만들어 내는 원천이기 때문이다.

"행복해지려 봉사합니다. 기부합니다!"

나 자신도 더 많이 행복해지기 위해 더욱 노력할 것이다.

행복해지려 봉사하는 사람들

---

1) SST: 'Social Skills Training'의 약자로, 사회기술훈련. 혼자서도 일상생활을 해낼 수 있도록 체계적·의도적 프로그램을 준비하여 함께하는 것. 즉, 시장 보기, 사람과의 교제 등 감정이나 활동을 스스로 해결할 수 있도록 훈련하는 과정임.

　　　　　　　　　　　　　　　　　　　사과나무는 착하다

얘들아, 아침밥 먹고 공부하자!

'얘들아, 아침밥 먹고 공부하자!'라는 제목으로 사업을 진행했다. 재가결식우려아동을 위한 아침밥 가정배달사업이다. 조리팀은 새벽 4시부터 손놀림이 바빠진다. 포장팀은 더욱 속도를 내어 정성으로 담는다. 배달 자원봉사자들은 책임진 수량을 각자의 차량에 담아 새벽을 달린다. 수혜 아동의 집에 일곱 시까지 전달해야 한다.

이 사업은 사회적기업이 사회적 목적을 실현을 위해서였다. 취약 계층에게는 일자리를, 어려운 이웃에게는 사회 서비스를 제공하는 것이 핵심 가치이다. 사각지대 결식우려아동에게는 아침밥을, 취약 계층에게는 일자리를, 쌀을 비롯한 식재료는 지역농산물을 사용한다. 세 마리 토끼를 한꺼번에 잡는다는 의도였다.

실행을 위한 재원의 시작은 뜻있는 기부자와 사회적기업의 사회 공헌으로 진행했다. 물론 우리 지자체의 꿈자람카드 예산도 아동 수에 따라 투입되었다. 그 카드를 이용해 슈퍼나 식당에서 음식을 쉽게 사 먹을 수 있다. 하지만 그 카드를 사용하는 과정에서 다양한 문제점이 노출되고 있었다. 균형 잡힌 영양 섭취를 기대할 수 없었고 낙인 현상도 따랐던 것이다. 심지어는 아동·청소년의 뇌 건강에 큰 영향을 주는 물질도 있었다. 따라서 방법을 바꿔 보자는 계획된 의도였다.

가장 중요한 것은 아동·청소년들의 건강권을 확보하는 것이다. 아침밥을 꼬박꼬박 챙겨 먹었던 아동·청소년은 사회적응력이나 성공률이 높다는 보고서가 있다. 이처럼 아침밥이 아이들이 건강한 사회인으로 자라도록 하는 데 큰 도움이 된다는 것이다.

이 프로그램의 대의를 인정하여 여러 자원봉사자와 기부자가 동참했다. 지역사회 내 사회적기업이 주관했다. 사회적 미션은 '음식복지관으로 세상을 열자!'였다. 결식우려아동에게 아침밥을 먹여 학교에 보내자는 운동이다. 전국에서 두 번째로, 충남에서는 최초로 시작했다. 한부모가정, 조손가정, 장애인부모가정, 소년소녀가정 등 육십오 명을 우선 선정했다.

이 사업을 수행하는 동안 많은 자원봉사들의 노고가 숨어 있다. 무려 이 년 동안 비가 오나 눈이 오나 하루도 빠지지 않고 참여했다. 월요일부터 금요일까지. 각자 맡은 지역에 수혜아동의 집을 향하여 달렸다. 어떤 봉사자는 새벽기도를 마치고 귀가하며 인근 지역 아동들에게 전달하기도 했다.

도시락 가정배달사업은 수혜자로부터 꽤 높은 만족도가 나왔다. 그 결과물에 따라 지역사회 전 지역으로 확대하려 했다. 하지만 그 계획은 실천되지 못했다. 그 사유는 이랬다. 수혜 아동들의 거주지가 넓은 지역에 분포되어 시간 내 전달이 불가했던 것이다. 그 해결책으로 필수 고정 인력을 배치해야 했다. 왜냐하면 자원봉사자의 지원만으로는 한계점이 있었기 때문이다. 인건비 확보를 위해 노력했지만 결국 수포로 돌아갔다.

누구를 탓하기에 앞서 기업의 대표로서 지속 가능하도록 이끌지 못한 것에 대해 깊이 반성했다. 최선을 다했는가도 냉철히 점검해 보았다. 이 사업의 성공 목표를 100으로 정했을 때 20%의 노력도 하지 않은 것 같다.

돌이켜 보면 우리 사회적기업의 역할 중 가장 잘한 것이었다. 그럼에도 불구하고 지속할 수 없었던 전후 사정이 애석하기만 했다. 이 년 동안 함께한 모든 이들은 보람과 사명감으로 최선을 다했다. 그분들에게 감사한다. 빠른 기간 내 다시 시작하리라!

추운 겨울 새벽, 문 열어 기다리던 할머니와 세 명의 아이들이 눈앞에 선하다.

여기는 길이 아닙니다.
돌아가셔요, 제발!

⋮

세상에는 다양한 사람들이 살고 있다. 각자의 개별성이 존재한다. 서로 다른 특성과 삶의 배경이 있다. 사람들은 같은 주제를 갖고도 각자의 생각이 같지 않을 경우가 많다. 그것을 이해하지 못하면 갈등이 증폭된다.

그 갈등을 조화롭게 풀어내는 것은 당사자들의 몫이다. 갈등 속에서 문제를 해결하고 최선의 합의점을 찾아내야 한다. 다수의 갈등을 해결하는 것은 결코 쉬운 일이 아니다. 의미 있는 창조는 갈등 속에서 만들어진다. 훌륭한 리더는 갈등 속에서 새로운 창조를 만들어 낸다. 그것은 소통 없이는 해결될 수 없다. 소통은 창조를 만들 수 있는 참진리인 같다.

요즈음 나를 포함하여 국민은 짜증 가득한 세상을 살고 있는 듯하다. 북한의 독재자, 미국의 권력자 때문만은 아니다. 정치가들의 행태 때문이다. 내 나름대로 정치가만 바뀌면 초일류 국가가 될 것 같다는 생각을 해 보았다. 참으로 한심하고 고민되는 요즈음이다.

여야를 막론하고 쓴소리를 좀 하고 싶다. 국민의 갈망이 뭔지 모른다. 국민을 양분화하고 전 국민을 부정적 성격으로 만

사과나무는 착하다

드는 원흉 같다. 반토막 나라로 만들고 있다. 그 옛날 남인, 북인, 노론, 소론보다 더하지 싶다. 남과 북이 가로막힌 것도 원통할진대 국민을 갈라놓는다. 서로 간 소통은 않는 듯, 긍정은 없고 오직 부정만 있다. 국민을 세뇌시켜 자기화하고 있지 않은가! 대립의 각은 나라의 발전과 국민을 위해서라면 이해된다. 양당제도의 강점을 모른다는 것은 아니다. 하지만 오직 정권 쟁취를 목표로 투쟁만 하는 것 같다.

저들은 선한 국민을 네 편 내 편으로 갈라놓았다. 태극기는 어인 일이며 촛불은 무엇인가! 그 상징적 의미는 뜨거움과 빛이요. 넘치는 생명력에 있다. 하지만 서로가 괴물 집단이라고 난리법석이다. 그렇게 만들어 놓은 것도 저들의 책임이라 나는 생각했다. 오로지 저들의 생각만이 옳다는 것이다. 나 역시 요즈음 무엇이 옳은지 그른지 판단하기 어렵다.

소통하는 리더는 참 좋은 생각을 갖고 있다. 그 소통의 핵심 속에는 정의가 존재한다. 만인의 갈등을 해소하려 노력한다. 소통하지 않는 리더는 정의롭지 못하다. 맹종을 강조한다. 그것을 하지 않는 리더는 반드시 독재자이다. 왜냐하면 불통의 리더는 정의를 위장한 독선의 보수이기 때문이다. 국민의 여망, 바라는 것을 하지 않는 정치가는 가라.

인간과 사람에게는 다음과 같은 상호 작용이 있다고 배웠다. 공감, 진실성, 자기 개방, 존중, 따뜻함이다. 사회복지시설 모퉁이에 잔디밭 정원이 있었다. 그 잔디밭 정원에 길이 만들어지고 있었다. 노인들이 그리로 다녔기 때문이다. 그 사회복지시설 책임자는 잔디밭에 말뚝을 박아 줄을 매어 놓고 이러한 팻말을 붙였다.

"여기는 길이 아닙니다. 돌아가셔요. 제발!"

그 사회복지시설을 이용하는 다수의 어른들은 그곳이 빠르고 편리하기에 다녔다. 그렇다면 그 길은 어른들께 내어 드려야 하는 것이 당연했다. 그곳에 길을 만들어 개방했다. 그것이 상호 작용이요, 가장 민주적인 소통이라고 생각한다.

가장 좋은 소통의 아름다움은 조직 구성원의 마음을, 민중의 마음을 읽어 내는 것이라고 생각한다. 인간과 사람 사이 소통의 아름다움은 아무리 강조해도 지나치지 않다.

사과나무는 착하다

진실을 찾아서

　　사람들은 환경 속에서 분노를 갖고 살아간다. 그 분노에 대한 정의가 있다. 정의는 분노에서 나온다. 뜻있는 사람들은 그 분노에서 나오는 정의를 알리려 노력한다. 알림의 핵심은 진실이다. 그것은 정의를 실천하는 원동력이기 때문이다.

　　시민활동가들은 진실을 찾아내어 알리려고 노력한다. 다양한 방법을 동원한다. 성명서를 내며 기자 회견도 한다. 때로는 삭발도 하고 단식투쟁을 한다. 대규모 군중을 동원하여 집회를 연다. 그 행위는 세상을 정의롭게 하려는 의도이다. 하지만 그 노력의 결과로 변하는 것은 많지 않다. 결과에 대한 절망감으로 좌절에 빠질 때도 있다. 거짓 정보를 진실처럼 포장하여 전달하는 자들이 많기 때문이다.

　　우리가 아는 사실 중에는 거짓 정보가 대단히 많다. 정의를 위한 진실을 외치면 외면당하고 시련을 당하는 경우가 있었다. 그것은 권력자의 힘으로 덮어 버리기 위한 수단이었고, 추종 세력의 충성에 의해 휴지처럼 녹여 버리는 시대였기에 그랬다. 언론의 힘, 문자화하는 힘은 실로 상상을 초월했다. 지금도 기회가 되면 시대를 망치려 기웃거리는 언론이 있지 않은가.

사실과 진실을 쉽게 찾아보자. 우리는 과거사를 통하여 사실과 진실을 분별할 수 있다. 군부 독재정권은 잔인한 반공사업을 했다. 무고한 대학교수와 대학생들을 간첩으로 몰았다. 잔인한 고문으로 실토하게 했고 감옥에 보내어 죽였다. 간첩 행위를 한 것이 사실이라고 기사화했다. 누가 그랬나? 미친 춤 파티를 벌인 것은 당시 방송이나 신문 같은 대중매체였다. 그 광란의 춤을 대다수 국민은 사실이라 믿었다. 철가시 같은 잔인한 흑심 속에 진실은 무엇이었나. 무서운 고문과 간계 속에 진실을 숨겼다. 간첩이 아니었다. 소중한 가족이었고, 이웃이었으며, 대한민국 국민이었다.

　이것 말고도 진실을 감춘 사실은 많다. 5·16을 혁명이라 홍보했다. 진실은 탐욕스런 군인들의 쿠데타였다. 5·18을 광주사태라 했다. 반동분자와 불순분자, 깡패들이 국가를 전복하려 했다고 했다. 실권자와 동조 세력들은 사실로 기사화했다. 국민 대다수는 사실이라 믿었다. 선한 민주시민은 항거했다. 비굴한 독재자는 영웅들의 진군을 총칼로 온몸을 후벼 팠다. 무섭고 잔인하게 육체와 영혼을 앗아갔다. 그 위대함은 강력한 독재에 항거한 광주항쟁, 5·18민주화운동이었다. 크고 장엄한 진실이었다.

　우리들의 삶터에서 가려진 진실을 말하고 싶다. 주관적인 생각이라 말해도 좋다. 서해안의 복받은 우리의 터전을 보자. 찬란했던 청정의 바다를 막았다. 자랑스럽게 말하는 인공 방조제, 거대한 제방들을 보라. 보기에 좋았더라가 아니다. 그 영향력 아래 무한한 가치와 새로운 생명력을 제공했던 생명터 갯벌은 사라졌다. 자랑거리 염전도 없어졌다. 이제 남아 있는 어장과 갯벌 훼손도 머지않았다. 어쩌면 우리들의 영혼까지 파괴할 것 같다.

가쁜 숨을 몰아쉬는 고향 산천, 산, 내, 들, 바다를 보자. 생태계가 서서히 궤멸되고 있는 것은 아닌지.

"경제를 살리자! 인구를 늘리자! 산업단지를 완전히 채우자!"

그 목표 아래 마천루처럼 들어서는 집 위의 집 아파트, 철강 도시, 에너지 생산도시를 자랑한다. 경제가 발전한다는 것, 인구 유입으로 시로 승격되었다는 것, 서해안 고속도로가 관통되었다는 것, 수많은 대형 화물차가 무섭도록 달린다는 것, 철도가 들어서면 더욱 좋은 도시가 된다는 것. 그것은 결코 기쁜 소식만은 아닐진대. 우리는 현재 사실만을 자랑삼아 말하고 있지 않은가. 그 사실 속에 진실을 들여다보면 씁쓸한 배드 타운이다.

우리들이 원하는 정의는 고향에서 자연과 노래 부르는 것이다. 진실로 채워진 행복 타운을 원한다. 과거는 현재를 위해 있다. 현재는 미래를 위해 존재한다. 무한한 가능 속에 발전도 좋지만 환경을 최우선으로 하는 정의를 원한다. 그래야 우리 후손들의 미래가 있다.

자연환경을 최고의 가치라 여기며, 내 자신을 들여다보았다. 물 한 방울, 한 줌의 흙, 나무 한 그루, 풀 한 포기라도 소중하게 생각했는가. 그러지 못했다. 지금이라도 늦지 않았다. 고향을 위한 새로운 시도 첫걸음을 시작하자. 바로 보고 바로 알자. 진실을 찾아서!

희망제작소 휴먼트리human tree

　희망제작소는 이 시대 생명체 기둥, 여기는 '돈이 하늘에서 눈송이처럼 내린다'는 기부금 사회운동의 효시 휴먼트리'이다. 이름도 명품 '모금전문가학교', 이곳에 내가 있다.

　세상을 위해 할 일이 남아 있다. 사회복지사의 역량 강화를 위해 이곳에 입학했다. 미래의 사회복지는 국가보조금만으로는 해결될 수 없으리라는 생각이 있었기에 당진에서 서울, 서울에서 당진, 서해안 고속도로를 달렸다. 여기 북한산 골짜기에 위치했던 학교에 들어오면 용기가 솟는다. 행복한 희망이 만들어진다. 그래서 이름하여 희망제작소라 불린다.

　다음의 내용은 설명하지 않으면 아무도 모르리. 모두함께조, 주시조, 모아드림조, D+조, 같이&가치조가 역동적으로 가교한다. 게다가 범진, 용정, 소령, 하정, 창연, 광순, 경민, 희진, 현진, 윤경, 영팔 전 조원 간부화의 '기발하조'가 있다. 이는 모금 공부를 위해 편성된 분임 활동조의 명칭이다.

　밝은 촛불이 옹기종기 모여 새로움을 창조한다. 미소 짱, 열정 최고 모금학교 8기 미영 회장이 있다. 부담 없는 자칭 부담샘도 있다. 늘 진지한 표정 속 믿음의 상임이사가 우뚝 앉아 있다. 자칭 싱싱한 젊음, 중후한 맏형도 섞여 있다. 모두의 생각은 당당하고 멋지다. 심장은 강하게 뛰며 희망과 용기는 찬란히 빛났다.

대한민국 일등강사 '밝은별님'의 강의는 냉철했다. 촌철살인 핵심도 있었다. 때로는 가슴을 뛰게 했다. 살아 있는 강의 중 가끔은 학생들의 자존감을 상하게도 했다. 반성하라는 뼈 있는 말일 게다. 늘 생생한 체험적 강의는 흥부의 박 속 보물이었다. 새로운 모금 세상을 볼 수 있다. 닉네임 밝은별님의 특강은 밤하늘의 북극성처럼 노래했다.

학기를 마치는 동안 기부금의 목표액을 정한다. 달성된 기부금을 대의 있는 사회복지시설에 기부해야 한다. 그것을 달성하기 위한 전략·전술이 있어야 한다. 최고의 가치는 과업을 수행하는 과정을 중시한다. 목표 달성은 반드시 이루어 내야지만 허접한 과정은 절대 용납되지 않았다. 이런 과정을 수행하는 동안 주도면밀한 계획은 필수였다. 이번 학기 모든 학생은 지역사회의 작은 촛불이다. 꺼지지 않는 촛불이 되리라. 그것이 되기 위해 함께 모금 공부를 하는 동기요, 동지들이다.

우리들의 약속된 시간이 다가왔다. 헤어짐의 약속이다. 각자의 삶, 현장으로 돌아간다. 긴 수업 일정이 멈추었다. 석별의 정은 깊어 갔다. 이별의 순간일진대 결코 헤어짐은 아니었

사과나무는 착하다

다. 축배를 들며 결코 끝남이 아니기를 소망했다. 새로운 출발을 휴먼트리에서 시작하자고 약속했다.

이곳의 교육적 가치는 사람에 대한 기본적 애정과 소망을 요구했다. 다음으로 모금은 배우기가 쉽고 누구나 할 수 있다는 사실이다. 모금의 첫째 조건은 무조건 요청하라! 대의가 있다면 용기 있게 요청하라는 뜻이다. 완벽한 모금활동가란 있을 수 없다. 요청하면 반드시 답은 온다. 거절도 기부자의 권리라는 생각도 갖게 했다.

"사회복지사여! 거지 근성을 버려라! 강한 대의로 말하라!"
"돈(기부금)이 하늘에서 눈송이처럼 내려온다."

이는 진리이니 내 것이 될 것이다. 일백만 원의 학비는 결코 아깝지 않았다.

최고의 모금전문가는 소박한 상식, 대의를 위해 헌신하는 것이다. 사회복지사로서 대의가 있었기에 가치를 창출했다고 확신한다. 모금학교를 마치고 고향에서 지속적으로 사회복지 활동에 전념했다. 때문에 나는 지금도 이 일을 하고 있다. 휴먼트리에 감사한다. 지금 함께하는 동지들의 수고와 열정에 고마움을 전한다.

따뜻한 남쪽 나라에 온 사람들

북한이탈주민은 우리 동포이다. 동포는 같은 나라, 같은 민족의 사람을 다정하게 부르는 말이다. 하지만 우리 사회는 그들을 이방인, 새터민, 탈북자라 불렀다. 심지어는 다문화가족으로 분류하려 했다.

민족의 슬픈 역사는 '북한이탈주민'이라는 신조어를 만들어냈다. 북한이탈주민은 대한민국 법적 용어다. 이 용어를 사용하는 것에 대하여 '부질없다'고 생각한 적이 있다. 사전적 의미는 공연히 쓸데없는 행동을 했다는 뜻이며 나중에는 미래가 없다는 것이다. 지원법을 만들다 보니 선택된 용어는 아닐까. 행여 남한에서 영원히 그 용어가 꼬리표처럼 따라다니지 않기를 바란다.

북한동포를 꼭두각시로 만든 것은 파괴적 권력자가 있는 곳이다. 벗어날 수 없는 함정의 소굴. 그곳을 탈출하기 위한 사선은 죽음의 겨울 강이었다. 피의 전쟁터보다 더욱 위태롭다 했다. 중국은 탈북자라는 멍에는 숨소리조차 크게 낼 수 없는 곳, 그 죽의 장막 속에서의 암울함은 더욱 괴로웠을 것이다. 모두 다 이겨 냈고 따뜻한 남쪽 나라로 왔다. 그들의 숫자는

사과나무는 착하다

점점 늘어 청양군 인구(31,717명)보다 몇 천이 많다고 한다.

그들에게 있어 우리 사회는 새로운 시작이다. 내가 만난 그들은 내 가족, 이웃사촌이었다. 하지만 함께 소통하는 동안 차이가 있었다. 그것은 인성과 가치관의 차이, 적응하기 힘든 사회문화적 관점의 차이, 경제적 불안정이었다. 따지고 보면 한 집에서 오래 사는 가족이 느낄 수 있는 것들이었다. 조금 강할 뿐이었다. 가장 힘든 것은 우리 사회의 차가운 시선, 북한이탈주민이라는 선입견이 아직도 많다는 것이다.

북한이탈주민과 가까이 교류하는 계기가 있었다. 요양보호사 국가자격시험을 취득하기 위한 교육과정 기간이었다. 다소 어색하고 센 말투가 낯설어 연변 출신이냐고 물었다. 북에서 왔다는 것이다. 네 명이 맨 앞자리에 앉아서 열심히 공부했다. 물론 전문용어나 외국어 표현을 이해하는 데 어려움이 있었지만 당당히 합격했다. 나는 크게 감동받았다.

그중에는 탈북민단체 대표와 사무국장이 있었다. 북한이탈주민의 당면 문제를 해결하고 서로 돕는 역할을 했다. 지역사회를 위해 자원봉사도 열심히 했다. 단체를 이끌어 가는 활동을 보면 적극성을 갖고 있었다. 내가 속한 사회적기업협의회는 그 단체와 일촌 협약식을 맺었다. 우리는 사회적 경제 교육, 취업과 창업(사회적기업)을 준비함에 있어 돕기로 했다.

또한 그 단체는 북한 문화예술 공연과 봉사활동을 함께하기로 했다.

우리들 협약식의 중심 목표는 뚜렷했다. 제일은 지역사회에서 그들에 대한 사회적 인식 개선이며, 제이는 안정된 일자리를 함께 만들어 내는 것(취·창업)이었다. 사회적기업은 상당수 북한이탈주민의 문제점을 해결할 가능성이 있다고 판단했다. 사회적기업의 정신인 공동체적 운명과 상생의 가치는 북北에서 세뇌된 사상의 뿌리와 연결될 수 있다고 판단했다. 경기도 파주의 한 제조업체는 사회적기업으로서 북한이탈주민이 삼십 명이나 참여하고 있다.

우리도 그들이 남한 정착에 큰 도움을 줄 수 있다는 확신을 갖고 있다. 하지만 얼마 되지 않아 큰 문제가 발생했다. 우리 시에 또 다른 북한이탈주민단체가 설립된 것이다. 시 관계자는 하나의 단체로 통합할 것을 요구했다. 우리 사회적기업과 함께하는 단체의 대표는 강력히 반발했다. 불만이 폭주되었고 결국 그 단체는 용기를 읽고 기능을 상실했다. 분명 우리 시의 잘못이 있었지 싶다. 양 단체의 특성을 살리는 방향으로 이끌어 나가야 했다. 사회적기업 창업을 꿈꿨던 대표는 이 지역을 떠났다. 설득했지만 소용없었다. 수개월이 지난 후 연락이 왔다. 남한에 와서 처음으로 큰 상처를 받았다는 것이다.

사과나무는 착하다

지금은 그 단체의 간부로 활동했던 분이 대표로 있다. 사회복지사가 되기 위해 사회복지대학교를 다니고 있다. 그는 '북한이탈주민지역자활센터'를 만드는 것이 최종 목표라 했다. 그 꿈이 실현될 수 있도록 작은 힘을 보태겠다고 마음먹었다.

　한때 나 자신도 북한이탈주민을 아웃사이더outsider라고 생각했었다. 아니다. 너와 나, 우리의 동포이다. 가장 가까운 가족이다. 그들의 역할이 민족 대통일의 그날, 큰 의미로 자리매김할 것을 기대한다. (2017. 5.)

사회복지협의회 '좋은이웃들' 발대식 때 공연하는 북한이탈주민

너 없으면 어떻게 사냐!

    요즈음 많은 사람들이 도전하는 직업이 있다. 요양보호사다. 그 자격을 얻기 위해 교육원에 입학했다. 새로운 영역이라 겁도 났다. 짧지 않은 시간 동안 요양보호사 국가자격증을 취득하였다. 생전 처음 하는 직장 생활이 시작되었다. 솔직히 요양보호사라는 직업, 감당할 수 있을까 두려웠다.

    주변 사람들이 묻는다. 생면부지 노인네를 돌본다는 것, 심지어 대소변까지 받아 내고 힘들다던데 어떻게 그 일을 하느냐고…. 힘들지 않다고 하면 거짓이다. '이 정도쯤이야! 난 해낼 수 있어.' 야무지게 마음먹었다. 한편 나 또한 언젠가 누군가에게 도움을 받게 될지 모를 일이 아니던가. 그런 생각을 되새기며 난 요양보호사란 직업에 자부심을 갖게 되었다.

    어르신 댁을 방문하여 재가요양서비스를 시작한 지도 벌써 여러 날이 지났다. 그때마다 신비로움이 내 안에 생겨났다. 어르신들은 아이처럼 고집부릴 때도 있고 말 잘 듣는 학생 같기도 했다. 이상한 일이 생겼다. 서비스 대상 어르신이 왜 그렇게 귀여운지 내 맘을 모르겠다.

    이 일을 하다 보면 기적 같은 일이 종종 있다. 처음 서비스를 시작할 때 한마디 말씀도 없으셨던 어르신이 변한다. 음악을 틀면 춤을 춘다. 먼저 말을 걸어오는 것, 늘 누워 있다가 산책 소리만 내도 먼저 신발을 신고 앞선다. 적어도 내 생각은 기적이라고 말하고 싶다. 그런 모습에 미소가 절로 난다. 이 어머니도 건강한 젊은 시절이 있었을 터인 데, 지금처럼 누군가에게 도움받지 못하면 아무것도 혼자는 할 수 없다니 안타까운 마음에 가슴이 멘다.

모처럼의 업무가 없는 연차 날이었다. 서비스 대상 어머니로부터 전화가 왔다. 기운 없는 작은 목소리였다.

"넘어져서 아파!"

놀란 마음에 서둘러 갔다. 넘어지면서 의치가 빠지며 입안에도 상처가 있었다. 다리에는 멍이 들어 있고 부어 있었다. 병원에 안 간다고 고집이었다. 그래도 큰 부상은 없어서 다행이었다. 어쩔 수 없이 옷만 갈아입히고 약을 발랐다. 집에 돌아와서도 마음이 불편했다. 맛있게 드실 음식이라도 만들어야겠다고 생각했다. 마침 호박이 있어 호박죽을 끓여 갔다.

몇 수저를 드신 후 어머님은

"고맙다! 내가 너 없으면 어떻게 사냐!"

했다. 모처럼 듣는 그 말 한마디에 어찌 이리 가슴이 뿌듯했는지.

오늘은 지적장애가 있는 대상자를 돌보는 날이다. 날씨가 흐린 날에는 말 한마디도 안 한다. 뚜렷한 신경의 변화로 기분 나쁜 표정으로 한 곳만 응시한다. 먹고 자는 것 외에는 움직임 자체를 싫어했다. 그런 상황을 담당 의사에게 문의하면 그럴 땐 그냥 두라고 했다. 하지만 방치할 수 없는 일. 이럴 땐 나름 대로 방법이 있다. 의도적으로 심부름을 해 달라고 요청한다. 조금이라도 움직여 운동의 효과를 보게 하는 것이 내 목표다.

"양파 하나 가져다주세요."

얼른 일어나 가져다준다. 그럴 때면 다시 한 번

"어머, 하나 더 필요한데 한 개만 더 가져다줄 수 있어요?"

그러면 나를 한 번 쳐다보며 씩 웃는다.

"아휴~ 힘들어."

하며 가져다준다. 고맙다는 인사와 함께 칭찬을 한다. 그럴 때면 웃음이 만발한다. 때로는 산책도 같이한다. 뽕짝을 틀어 주고 노래 좀 해 보라고 하면 마냥 웃기만 한다. 특히 씻는 것을 싫어했다. 세수하니 얼굴이 훤하다며 멋있다고 했다. 요즈음은 거르지 않고 혼자서도 잘한다. 칭찬은 고래도 춤추게 한다는 것이 맞나 보다.

또 다른 대상자 댁을 방문하는 날이다. 어머님은 흰떡을 물에 가득 담가 놓았다. 곰팡이가 피어 있는 것이다. 그걸 끓여 먹겠다고 하며 절대 버리지 말라고 애원했다. 안 된다고 했더니 화를 낸다. 펄펄 끓으면 괜찮다며 먹기를 고집한다. 요럴 때 쓰는 방법이 있다.

"맘대로 하세요. 저기 아랫집 할아버지도 이런 떡국 드시고 병원에 가서 돈 삼만 원이나 버렸다네요."

심리전을 펼치며 엄포를 놓는다.

"아들 돈 많이 벌지요?"

"알았어. 네 맘대로 해. 내가 잘 몰라서 그래!"

이럴 때면 마음이 가벼워진다.

이 일을 하면서 우울하고 힘들 때도 종종 있다. 그 이유는 내 자신도 병들어 이런 시련을 받지 않을까 하는 생각 때문이다. 아직 젊은 나이인데 너무 빨리 알아 버린 것 같기에 말이다. 지금은 내가 할 수 있는 일이 있어 감사하다. 아직 건강하게 살아 계신 부모님과 어르신들의 마음을 헤아려 더 잘해야겠다고 다짐했다.

내 직업에 대한 긍지와 자부심이 있다. 하루하루 배우며 실행한다. 요양보호사는 내 직업이다. 내 안에 천직으로 자리 잡고 있음을 간파했다. (홍애선, 사회적기업당진돌봄사회서비스센터)

＊PS: 이 수기(글쓴이: 요양보호사 홍애선)를 옮기면서 이 업무에 종사하는 요양보호사님들에게 경의를 표하며 그 수고에 위로드립니다.

3부

삶의 의미화

아내 연가戀歌

    아내와 난 주말부부다. 각자의 삶 속에서 서로 다른 역할이 있기 때문이다. 아내는 매주 토요일이나 일요일에 나에게로 온다. 이십여 년 동안 이 질서를 어긴 적은 거의 없다.

    아내는 몇 가지 습관을 갖고 있다. 제일은 반드시 우등 고속버스 앞쪽 일 인석만을 이용하고, 제이는 맥반석 달걀 한 판을 구워 오고, 제삼은 내가 입을 옷 한 벌 이상을 구입해서 온다는 것이다. 다음으로는 강남고속버스터미널에서 빵을 사고 마지막으로 당진고속버스터미널 광장에서 농산물을 구입한다.

    아내가 우등 고속버스 앞쪽 일 인석만을 고집하는 이유가 있다. 뒤쪽에 앉으면 차멀미가 심하여 고통스럽다는 것이고, 다른 하나는 생면부지의 남성이나 술에 취한 사람이 옆 좌석에 앉을까 봐 그렇다고 한다. 졸면서 기대거나 술 냄새를 풍겨 멀미를 심하게 한 모양이다. 그래서 아내의 단골 좌석은 3번 아니면 6번이다.

    다음은 맥반석 달걀 한 판 이상을 가져오는 이유를 이렇게 설명한다.

    "남편도 드시고, 기르는 장군이(강아지)도 먹고~!"

주말이 기다려지는 것은 아내를 기다리는 기쁨일까, 맥란을 챙기는 속셈일까. 내 맘 나도 모르겠다. 하지만 겹겹으로 묶인 맥란 보자기를 풀면 아내 맘이 그 속에 있다. 늘 따끈한 온기가 가득하다.

내 옷 한 벌 이상 사 오는 습관은 '쇼핑 중독' 수준이다. 아내가 거주하는 지역에는 유명 백화점이 있는데, 판매원이 시시때때로 연락할 정도로 단골 고객이다.

"이거 유명 메이커인데 정가는 십만 원, 단돈 일만 원에 샀어요."

이렇게 사들인 옷은 오리털 파카를 비롯하여 갖가지 의류를 합치면 1톤 트럭으로 실어 내고도 남을 양이다. 이 옷들은 아내 허락 없이 절대로 그 누구에게도 줄 수 없다는 점이 아쉽다.

내가 아내에게 가장 많이 하는 잔소리는 옷을 사들이는 습관 때문일 것이다. 그로 인한 다툼도 있었다.

"다음에 또 옷 한 벌을 사 오면 내게 있는 옷 두 벌씩 버린다!"

협박해도 소용없다. 어느 날 명품이라며 '무스탕 재킷'을 가져왔다. 세일가로 칠만 원에 구입했다는 것이다. 품질에 비하여 매우 저렴한 가격이었다. 하지만 내가 입기에는 큰 사이즈였다.

"옷이 이렇게 많은데 칠만 원씩이나 주고 또?"

내 잔소리에 아내는 겨울에 옷을 껴입으면 된다며 억지를 부렸다. 난 그 재킷을 직원에게 주었다. 그 사실을 알아차린 아내는 당장 찾아오라며 소리를 질렀다. 눈물까지 흘렸다. 그 옷은 내 것이니 내 맘대로 준 것인데 간섭 말라고 했다. 그 이후 아내는 옷을 사 오지 않는다. 사실 그 옷의 원가는 일백만 원이 넘는 것이었다. 백화점 세일 때 칠십오만 원에 구입한 사실을 알게 되었다.

이번에는 빵 이야기이다. 아내가 서울터미널에서 사 오는 빵은 늘 정해져 있다. 길쭉한 크림빵 한 줄, 찹쌀도넛 두 개, 막대 치즈빵 두 개, 찹쌀공갈빵 두 개다. 이 중 세 개 정도만 먹고 대부분 냉장고에 방치했다가 버린다.

"주영 씨, 빵은 두 개만 사 오라고 했지!"

매번 반복되는 내 잔소리에 '쪼잔하다'며 돌아오는 것은 핀잔이다. 웬일인지 요즈음 아내의 빵 사 오는 습관이 멈추어 있다.

마지막으로 당진에 도착하자마자 터미널 광장 노점상 할머니로부터 농산물을 구입한다. 그분과는 언제 사귀었는지 언니 동생 하는 사이로 발전하였다. 물건을 사면 그 언니라는 분은 메밀묵이나 장아찌 등을 덤으로 준다. 이도 역시 냉장고에 쌓였다가 버린다.

지난 주말에도 변함없이 터미널에서 아내를 맞이했다. 차에

사과나무는 착하다

오르자마자 먹을 것 없냐고 물었다.

"잔소리가 하도 심해서 요즈음 아무것도 가져오지 않기로 했습니당."

아내의 퉁명스러운 대답이다. 오늘따라 늘 지고 다니는 가방을 차에 놓고 내렸다. 손을 넣어 보니 따끈따끈한 맥란이 둥글둥글 만져졌다. 가방 속에 들어 있는 아내의 착한 맘속에 내 자신을 넣어 본다.

"일반버스를 타면 절약된다. 맥반석 달걀은 반 판만 해 와라. 옷은 쇼핑 중독이야. 음식물은 밭에 잔뜩 있고 썩어서 버리잖아."

여전히 잔소리를 해 대며 가져오는 옷은 입었고, 먹을 것도 다 받아먹었지 않았던가. 아내의 말처럼 나잇값하는 잔소리였나. 강산이 두 번 변한 긴 세월 동안 남편을 가까이에서 입히고 먹이지 못한 허전함을 채우려는 아내의 품성을 모르고 있었지 싶다.

지금 여기라는 깨달음은 소중하다. 이제는 아내가 우등석만 고집해도, 맥반석 달걀 수백 개를 메고 와도, 옷가지와 빵, 농산물을 트럭으로 가져와도 괜찮다고 말해 줄 것이다. 이것마저 못 하게 하면 안 된다는 것을 깨달았다.

우리 부부는 나름대로 사연이 있어 떨어져 살고 있다. 그 여정旅程은 아프고 길었다. 아내의 대도시 삶과 나의 당진살이가 교차되어 숨 쉬는 생生의 순간들이었다. 이십여 년 기다림의 역사는 계속되었다. 기다리는 잔잔한 기쁨, 그리운 외로움, 오고 간 갈등들은 낙엽처럼 쌓여 거름이 되었다. 그것은 아련한 '당진터미널의 연가'로 둘의 가슴에 있다.

아내의 기를 살리는 길은 그의 의사를 존중으로 감싸며 깊은 사랑을 주는 것이다. 당신을 사랑하오. (2020. 3.)

고백

난 점유이탈물횡령 죄인이다. 법적인 공소시효가 지났는지는 모르겠지만 양심의 시효는 아직도 유효한 사건이 있다. 바로 버스 정류장에서 습득한 물건을 내 맘대로 처리한 일이다.

삼십 년 전, 각양각색의 사람들과 뒤섞여 버스를 기다렸다. 내 앞에 도착한 버스는 이미 만원 상태였다. 이번만큼은 꼭 타야겠다는 승객과 다음 버스를 이용하라는 버스 안내양의 기 싸움은 늘 있는 일, 훈련된 조교처럼 승객을 밀어 넣은 안내양의 출발 신호가 무정하다.

"다음 차 이용하세요. 오라이~ 탕탕탕!"

하필이면 내가 타려는 순간에 말이다. 허망하게 떠난 버스 뒤 바닥에 무엇인가 떨어져 있었다. 오색복주머니였다. 벌써 저만치 달려 나간 버스를 바라보며 난감했지만 떠난 버스가 돌아올 리 만무했다. 내 바로 앞에서 버스를 타기 위해 안간힘을 썼던 두 아이 엄마의 것이 분명하지 싶다. 때론 손동작이 판단보다 빠를 때도 있다. 얼른 가방에 넣었다. 확인해 보니 깜짝 놀랄 만한 물건이 들어 있었다. 황금반지였다.

음흉한 생각이 머리를 흔들어 댔다. 갈등으로 심장이 뛰었

다. 사무실 동료가 오늘 복 터졌다며 귀띔한 말이 내 안에서
사라지지 않았다.

"파출소 넘겨주면 절대로 주인 찾아 주지 않고 착복한다."

그 말에 긍정도 부정도 하기 싫었다. 너무 복잡하게 생각하지
말자. 본래 내 것이 아닌데 욕심내지 말자. 파출소(지금의 지구
대)가 가까이 있었다. 한 걸음 한 걸음 발길을 옮기며 생각했다.

그렇지만 도착한 곳은 파출소가 아니었다. 전당포였다. 그
래 지금 몹시 어려우니 며칠만 빌려 쓰도록 하자. 돈 벌어서
다시 찾아 파출소 갖다 주면 된다. 결국, 돈은 벌지 못했고 보
관했던 그것도 찾지 못했다. 아니, 찾을 생각이 처음부터 없었
는지 모른다.

그러구러 많은 세월이 흘러 그 사건은 까맣게 잊고 있었다.
그러던 어느 해 내 집에서도 귀중품을 분실한 사건이 발생했
다. 애지중지 모아 놓은 값진 물건을 잃어버렸다. 우리 아이들
백일과 돌잔치 기념으로 받은 것들이었다. 아내는 손수건에
쌓아 깨소금 빻는 작은 절구통에 보관했다. 어느 날 이웃집에
서 절구통을 빌려 달라기에 자루에 넣은 채로 절구통을 넘겨주
었다. 그 속에 보관한 것을 까맣게 잊은 채였다. 절구통만 집
으로 돌아왔다. 그런 것 없었다고 잡아떼었다. 창백해지는 아
내의 얼굴을 보았다. 나는 분노하여 경찰에 신고하겠다고 날

사과나무는 착하다

뛰었다. 아내는 확실하지도 않은데 이웃사촌에게 그럴 수 없다며 한사코 말렸다.

갑자기 무엇인가 스쳐 갔다. 분노는 순간적인 일이었다. 자리에서 벌떡 일어나 앉았다. 오래전 전당포 사건이 떠올랐다. 오호, 어쩌란 말인가. 속상한 심정 속에 두 아이 엄마의 모습이 오버랩되었다. 얼마나 당황했겠는가. 그 애끓는 심정이 가슴 깊이 파고들었다.

순간의 잘못된 생각은 평생의 고통으로 남아 있다. 그 이후 내 손가락에는 그 어떤 반지도 끼울 수가 없었다. 아내가 생일과 결혼 기념 등으로 금반지를 선물해 주었지만 허락이 안 되었다. 내 과거 금반지 사건을 모르는 아내는 성의를 무시한다고 성화를 한다. 지금까지 아무에게도 말하지 못했다. 그것을 전당포에 아주 싼 가격에 저당 잡힌 사실. 평생 씻을 수 없는 나의 큰 죄이다. 삶을 살아가는 동안 알고 지은 죄 중에서 가장 큰 죄다.

이제 나는 고백한다. 삼십 년 전 그때의 죄는 지금도 내 안에 유효하다고. (2019.3)

*PS: 혹시 이 수필을 접하는 분 중에 안양상공회의소 앞 버스 정류장에서 오색복주머니를 잃어버린 그 엄마는 연락 주시기 바랍니다 (010-3009-0833).

어머니 꽃을 이제 보다

　어린 시절 상상하기조차 싫은 무서운 일이 우리 집에서 발생했다. 가족 모두가 참숯처럼 가슴 아팠던 시기였다.

　함박눈이 펑펑 내리던 날이었다. 우리 집 작은 언덕과 대문 사이를 놓고 괴상한 전투가 벌어졌다. 형들은 눈을 뭉쳐 어딘가에 사정없이 던지고 있었다. 욕을 해 대며 쫓아오는 사람이 있었다. 엄마였다. 눈뭉치 싸움은 막상막하였다. 당시 형들은 중고생.

　"야, 이년아! 왜 우리 집에 있는 거야. 당장 꺼져 버려!"

　그때 모습이 생생하다. 엄마의 머리에서 선혈이 흘렀다. 눈 속에 돌을 넣은 눈 돌팔매가 아닌가.

　이런 상황들을 목격한 아버지, 분노의 손에는 칼을 거머쥐고 있었다. 얼굴은 술기운으로 붉었다. 아들들을 향한 것이 아니었다. 스스로의 자책과 죄의식이었던가.

　"너를 보내고 나도 갈 것이다."

　라며 엄마를 향했다. 생각하면 미루나무 꼭대기 외로운 까치집이 참으로 슬퍼 보였던 시기였다. 수천 길 낭떠러지, 위험하고 살얼음판 같은 순간이었다. 그 순간순간의 위기를 막아

　　　　　　　　　　　　　사과나무는 착하다

낸 분이 있었다. 어쩔 수 없었던 절망의 가정을 화평케 한 것은 바로 내 어머니였다.

나는 어머니가 둘이었다. 두 분은 한 지붕 아래 살아야만 했다. 나를 비롯해 구 남매를 낳고 기른 분은 어머니, 늘 아버지 옆에 있었던 이는 엄마라 불렀다. 그 이유는 어머니의 명령이었다. 대가족의 행복과 평안을 위한 결단이었다. 어머니는 인고의 세월 속에서 지혜로 가르치셨다. 무릎 꿇고 사랑으로 보듬으셨다. 엄마라는 분을 동생처럼 보살피며 함께했다.

자식들에게 "엄마"라고 부르게 한 그 사랑 아픔은 찔레꽃가시나무[1]로 남아 있다. 어머닌 유난히 야생 찔레꽃을 자주 꺾어 오셨다. 그 꽃 몇 송이를 뒤주 위 하얀 백자병에 모아 놓고 참 기뻐했다. 그때마다 아버지의 화난 목소리.

"에구 저느므 여편네, 또 꽃을 꺾었구먼."

어머니의 단 한마디.

"예쁘잖아요."

그때마다 좁쌀 같은 어린 마음 발끈발끈 불안했다. 별것 아닐진대 무엇 때문에 저리하시는 걸까.

어느 봄날 꽃바람에 꽃향기가 바람에 실려 나에게 왔다. 잊어버렸던 향긋한 어머니 분 냄새였다. 개울가 하이얀 찔레꽃 가까이 서서 아들은 생각했다. 그 꽃 몇 송이가 문제가 아니었다. 두 분 사이에 큰 벽이 놓여 있었지 싶다. 수십 년 후 이제야 알았다. 찔레꽃 가시나무처럼 구 남매 키워 낸 어머니의 세상살이 그리 순탄치 않았으리. 어머니 심장을 울리고 도려낸 고뇌의 흔적, 어머니 꽃을 이제 보았다. 육십육 세로 철이 들었나 보다.

'참숯처럼 아팠던 고통을
하얗고 노랗게 가슴에 새기고 떠나신 어머니!
찔레꽃 몇 송이가 그리 좋으셨습니까.
어머니, 어머니, 내 어머니 그 꽃 향은
온 누리 단 하나뿐인 당신의 냄새였지요.'

찔레꽃가시나무처럼 살아온 어머니는 거룩한 현충일 날 하늘나라로 영원히 여행을 떠나셨다. (2016. 6.)

---

1) 찔레꽃가시나무: 꽃말은 고독, 신중한 사랑, 가족에 대한 그리움.

사과나무는 착하다

영일만 친구

정년 후 여행하고 싶었던 곳이 있었다. 포항의 영일만이다. 영일만 친구라는 유행가처럼 바다의 향수가 그곳에 있으리라.

'갈매기 날개에 시詩를 적어 띄우는 젊은 날, 뛰는 가슴 안고 수평선까지 달려 나가는, 돛을 높이 올리자. 거친 파도를 달려라.'

깊은 파도의 숨소리가 들려오는 듯했다.

드디어 영일만을 만났다. 살을 베일 듯한 찬바람이 몰아치는 바다였다. 어림잡아 2미터가 넘는 파도가 춤추고 있었다. 하얀 거품을 뿜어내며 깊은 호흡을 해 댔다. 그 위로 갈매기 수 마리도 맴돌고 있었다. 비릿한 바다 냄새가 물씬 풍겼다. 매서운 칼바람은 더욱 세차게 몰아쳤다. 옷깃을 세우며 그 도도함에 흠뻑 빠져 버렸다.

그 무렵 넘실대는 파도 위 멀리 검은 물체 한 점이 보였다. 고래인가? 배인가? 사람이었다. 분명 사람이었다. 윈드서핑 맨이 거기 있었다. 이 찬바람과 거센 파도 속에서 어떻게 저럴 수 있을까! 그는 한 조각 검은 조각배에 몸을 누이고 날갯짓을 해 댔다. 높은 파도의 맥을 찾아 앞으로 전진하고 있었다. 솟구치나 싶더니 갑자기 두 발로 우뚝 일어섰다. 순간 억센 파도는 그를 감아 버렸다. 그가 보이지 않았다.

  불안한 마음에 가까이 다가가 확인하고 싶었다. 모래사장으로 빨려들 듯 달려 나갔다. 영일만 파도는 더욱 강해지는데 이번에 나타나지 않으면 어떡하지? 저체온증, 심장마비는 아닐까? 심장이 뛰었고 온몸이 저려 왔다. 오호, 제발 살리소서! 기도가 절로 나왔다. 순간 물 위로 돌고래처럼 솟구치는 것이 아닌가. 그러길 수십 회, 사투 끝에 두세 번을 성공하는 듯했었다. 마침내 그가 한 조각 배 위로 우뚝 섰다. 살을 베일 듯한 바람, 차디찬 바닷물, 억센 파도도 결코 그의 공격을 막아 내지는 못했으리라! 파도 위를 나는 듯 앞으로 전진해 나갔다.

  그를 만나지 않고는 이 바다를 떠날 수 없었다. 단 한 발자국도 이 모래사장에서 벗어날 수 없었다. 영일만 친구이리라. 당차고 멋진 모습의 사내가 분명할 것이다. 만날 수 있다는 확신으로 기다렸다. 긴장되는 순간이었다.

  서핑도구를 어깨에 멘 주인공이 다가오고 있었다. 꽉 낀 검은 잠수복 차림의 용감한 사내였다. 파도의 울림처럼 깊은 숨을 몰아쉬었다. 나는 순간적으로 사내의 팔뚝을 잡았다. 탄력 넘치는 용수철이 아닌가. 미남형의 건장한 청년이었다.

  "춥지 않아요?"

맑은 미소, 큼직한 눈, 당당한 사내 목소리로 한마디.

"춥죠!"

청년의 검붉은 얼굴에는 미소가 있었고 하얀 이는 더욱 돋보였다. 보부도 당당한 잰걸음으로 자신의 공간으로 들어갔다. 대견함이 넘쳤다.

뛰는 가슴으로 달려온 영일만에서 영일만 친구를 만났다. 과연 청년은 무엇을 얻으려고 고난의 순간을 만끽하는 것일까. 용기와 신념, 인내를 얻기 위해서인가. 분명 참 좋은 세상을 열어 갈 능력을 축적하였으리라. 그 청년이 내 안에 깊이 들어와 있었다.

왜 가슴에 쿵쿵 울림이 있었는지 생각해 보았다. 십 년이면 강산도 변한다 했다. 십 년 후 영일만에서 만났던 '용기의 친구'는 대한민국을 위하여 과연 무슨 역할을 하고 있을까. 위대한 탄생을 기대해 보았다. 나 또한 십 년 후 칠십오 세에 무엇을 남길 수 있을까 생각했다.

정년은 끝이 아니다. 넘치는 소망으로 다시 시작하는 것이다.

"윈드서핑맨의 열정이 느껴지니 난 아직 젊다." (2014. 12.)

막내야! 아빠 집 생겼다

    고속도로 옆 마천루처럼 서 있는 아파트 단지를 지날 때였다. 그때 막둥이 아들(초 3)이 내 가슴에 던진 말이었다.

    "아빠, 아파트가 저렇게 많은데 왜 우리 집은 없어?"

    아내의 얼굴을 쳐다보며 서로는 멋쩍게 웃었다.

    그 시절은 아파트 분양권이나 땅 투기로 돈을 모으는 것이 유행이었다. 부동산업 친구가 분양권만 받아 내면 즉시 이천만 원을 얹어 준다며 신청하라 했다. 무주택자였던 난 1순위, 관심은 호박엿처럼 당겼지만 겁 많은 나로서는 엄두가 나지 않았다. 푼푼이 저축하여 사면 되지. 지금 생각하면 후회가 막심하지 않은가. 아파트 한 채가 얼마나 비싼지 '억억 소리'는 보통이다.

    내가 아직 집이 없다고 하면 믿지 않는다. 이런저런 사정으로 집 한 칸 마련하지 못했다. 내 당진살이는 텃밭이 넉넉한 농가주택에서 시작했다. 여기서 생활한 지도 십수 년이나 되었다. 그런데 운 좋게 아파트 한 채가 생겼다. 무주택 독거노인에게 주는 마이 홈My home, 마이 하우스My hause이다. 물론 등기권리증은 내 소유가 아니다. 행복주택 33㎡ 임대아파트이다.

이 행복한 보금자리를 마련하게 된 계기가 있었다. 어느 해 겨울 식탁에 물이 얼 정도로 추위가 매서웠다. 농가주택의 수도와 보일러가 얼어 터졌다. 전기매트에서 며칠을 보냈다. 이 작은 몸뚱이 하나 따뜻하게 살 수 있는 공간이 없지 않은가! 고심 끝에 임대아파트 신청을 생각했다. 임대아파트를 분양한다는 현수막이 시야에 들어왔다. 입주 대상자 소득 산정에 근접할 것으로 판단되어 신청했었다. 결과는 소득 초과로 결격 사유에 해당된다는 통보가 왔다. 섭섭하기 그지없었다.

하지만 '두드려라! 문은 열릴 것이다'라는 심정으로 다시 도전했다. 해당 기간 동안 가족의 소득 등 조건들을 다시 검토해 봤다. 이의 신청할 수 있는 조건을 찾아냈다. 아들이 사직한 증빙서류를 첨부하여 제출하였다. 답변이 왔다. 희망 메시지는 당첨이었다. 간만에 어린아이처럼 기뻤다.

우여곡절 끝에 임대 보증금을 마련하여 입주에 성공했다. 아파트 열쇠를 받고 보니 궁궐 같은 거택을 소유한 기분이었다. 지금 살고 있는 농가주택에 비하면 거실, 배란다, 주방, 화장실, 작은 방도 있다. 소중한 내 이삿짐을 여러 차례 나누어 혼자 날랐다. 앉은뱅이 원목식탁에 철다리 4개를 박아 세웠다. 아들같이 튼튼하고 대견했다. 그 식탁 위에서 라면 두 개에 계란을 풀어 꿀맛으로 먹었다. 거실 바닥에 大자로 누워 소리 내어 웃었다.

입주 후 좋은 여러 징후가 나타났다. 건강진단서에 건강 나이가 무려 십삼 년이 젊다는 것이다. 원인은 엘리베이터 사용 금지, 늘 계단을 이용한 덕분이 아닌가 싶다. 고가의 진공청소기, 온수매트, 비데, 냉난방기까지 입주 선물이 들어왔다. 이 '임대아파트'에서 언제까지 거주하게 될지는 모르겠지만, 지금은 편하고 좋다.

이쯤에서 내가 정말로 가난한가! 잠시 생각해 보았다. 아니었다. 이 아파트가 세워진 위대한 생각처럼 가난한 사람들이 더 많이 입주할 수 있는 그날이 올 것을 기대해 본다.

"아빠, 아파트가 저렇게 많은데 왜 우리 집은 없어?"

라고 말한 그 막내아들이 이제 29살 청년이 되었다. 그 애에게

"아들아! 이제 아빠 집 생겼다."

라고 말해 주고 싶다.

나의 삶 속에서 행복하다는 것, 그것은 생각하기 나름이지!

사과나무는 착하다

4부

자연 그리고 생명의 신비

거미설說

여기는 도자기 굽던 마을 사기소沙器所리 농가주택이다. 농부의 심장 박동은 농기계 소리와 어우러진다. 텃밭 위 감나무 잎 사이 찬란한 아침 햇살이 유난히 좋다. 내가 사는 동네다.

햇살맞이로 뒷마당 쪽문을 열고 한 발을 내디뎠다. 그런데 이게 웬일인가. 무엇인가 안면을 덮쳤다. 미처 피할 새도 없었다. 그 끈적임에 소름마저 쫙 끼쳤다. 짜증을 넘어 화가 치밀었다. 순간 빗자루를 들었다. 땅바닥에 이놈을 내리쳐 밟아 버릴까. 잠시 머뭇거리는 순간, 놈은 감쪽같이 사라졌다.

여러 날 동안 난 놈의 의미심장한 행동을 지켜보았다. 자신의 덫에 걸린 놈을 배 속의 생명줄로 꽁꽁 옭아매는 동작은 실로 놀라웠다. 기술이 컴퓨터 같다. 내 빗자루에 맞아 죽을 수도 있었던 놈이었다.

그놈은 내 집이 제집인 양 허락도 없이 사냥터를 만든다. 자고 일어나면 완성된 집이 여기저기 널려 있다. 오늘도 현관문을 나서는 순간 또 당했다. 그 기분 나쁜 순간, 당해 본 사람만이 그 심정을 이해할 수 있으리. 기가 막혔다. 조심해야지 하면서도 벌써 수차례 당했다.

오늘은 참을 수 없었다. 지금까지 그냥 지켜보고 참아 준 내가 잘못이지. 네가 감히 내 앞을 막아? 놈을 찾아냈다. 처마 밑에 죽은 듯이 시치미를 떼고 숨어 있었다.

"너를 죽일 수밖에 없다. 이 맹독을 뿌리겠다. 맛 좀 봐라!"

모기약 통을 들이댔다. 하지만 놈의 생명을 끊어 버린다는 것, 너무 혹독한 처사이지 싶었다. 먹고 살기 위한 투쟁이 아닌가! 너 한 마리 없앤다고 내 집에 거미줄이 사라질 리가 없다. 너는 수명도 짧은데 내가 참아야겠지.

주말이면 아내가 서울서 내려왔다. 밖으로 나가던 아내가 갑자기 '악!' 하고 소리를 질렀다. '거미 조심'을 알리지 않아서인가. 아내가 거미줄에 당했다. 온순한 아내였지만 방어 능력은 대단했다. 놈을 밟아 버리고 울며 서 있는 아내의 모습이 왠지 낯설어 보였다. 이미 거미는 사채로 변해 있었다. 이윽고 이곳을 삶터로 삼았던 거미의 삶은 막을 내렸다.

거죽만 남아 있는 거미의 주검은 애처로웠다. 그가 그렇게 보인 것은 어인 일인가. 알다가도 모를 일에 미안하다는 마음이 들었다. 제 수명도 채우지 못하고 죽은 것이겠지.

"거미야, 원망하지 마라. 모든 건 네 탓이지, 내 탓이 아니다. 네가 쳐 놓은 덫은 우리들에게 너무 불편했단다."

어쩔 수 없는 일이었다. 어쩌면 스스로를 위로하고 있었다.

한동안 나를 괴롭혔던 그와의 인연은 끝났다.

그 사망 사건이 지난 후에도 그들은 결코 나를 무서워하지 않았다. 계속해서 팔각의 덫을 목 좋은 곳에 펼쳐 놓고 있었다. 덫을 놓을 수밖에 없는 거미의 삶이 오늘따라 유의미하게 다가온다. 방충망 틈새로 파고드는 독한 모기 놈이 새까맣게 거미 덫에 걸려 있었다.

"너도 내게 도움을 주고 있었구나."

덫이 거기 있으니 그가 내게 해코지만 한 건 아니었다. 그 라고 어디 하찮은 생명이랴. 나 또한 그와 같은 생명일진대. (2014. 6.)

텃밭 둑의 거미

사과나무는 착하다

까치집 설病[1]

고향 집 작은 언덕에 있는 미루나무 꼭대기에는 새鳥집이 있었다. 창문을 열면 나뭇가지 사이로 정겹게 보였다. 그곳에 머무는 것들은 죄다 아름다웠다. 아침 햇살도 찬란했다. 집주인 까치들도 활기차게 놀아났다. 어린 시절 참 좋은 친구였다. 지금도 어디서나 볼 수 있어 다행이다.

어느 날 그 친구들에게 큰 난리가 벌어졌다. 늘 반가운 울음소리는 어디 가고 다급하게 소리쳤다. 반가운 손님이 온다는 신호가 아니고 무서운 놈이 찾아온 모양이었다. 새끼들이 있는 곳, 무서운 포식자가 그 둥지를 노리고 있는 것이 아닐까. 제집 주변을 빙빙 돌며 때로는 제트기처럼 휘달리며 혼신의 노력을 하고 있었다. 나뭇가지 사이로 어설피 보이는 것이 있었다. 누이와 난 고무줄 새총에 작은 돌을 걸어 마구 쏘아 대며 도왔다. 마침내 무서운 침입자를 합동 작전으로 물리쳤다. 상상하기조차 싫은 둥글고 길쭉한 비늘이 있는 놈이었다. 동화 속의 새를 상상하며 보은을 기대했던 어린 시절이었다.

얼마 전 텃밭 작업을 하는데 한 마리가 저만치 있었다. 연신 고갯짓과 눈치를 보며 무엇인가 쪼아 댄다. 심어 놓은 호박씨를 먹는지, 밭을 갈아엎었으니 잠자다 깬 능청맞은 굼벵이를 먹는 것인지 알 수 없지만 참 바쁘다. 행여 도망갈까 싶어 관심 없는 척 살펴보았다. 해코지 않겠다는 내 맘을 읽었는지 제 일에만 열중이었다.

언제나 이 새 둥지를 발견하면 반갑기 이를 데 없다. 특히 여행 중에 만나면 더욱 그렇다. 도로를 달릴 때 목적지를 정하고 그곳까지 가는 동안 발견할 둥지 개수를 정한다. 때로는 세어 놓은 숫자를 잊어버릴 때도 있다. 그럴 때면 삼팔광땡, 육땡 화투 놀이가 펼쳐진다. 앞 유리창 너머 보이는 둥지를 하나둘 세어 보는 재미가 쏠쏠하다. 장거리 여행 시 도착 지점까지 지루함을 달랠 수 있고 깜빡 졸음도 이겨 낼 수 있다. 발견한 까치집만큼 행운이 들어올 것을 기대하면서 말이다. 언제부터인가 난 까치집 바라기가 되었다.

까치는 겨울부터 초봄까지 한 달 넘도록 집을 짓는다고 한다. 수백여 개의 나뭇가지, 진흙과 깃털을 작은 부리로 옮긴다. 철골조를 세우듯 나뭇가지로 골조를 만든다. 비바람을 막아 주고, 포식자의 눈에 띄지 않게 해 주는 가족들만의 안식처로. 사람에게 집 짓는 공법을 보고 배운 것처럼 정교하게 해낸다고 하였다.

나뭇가지에 힘이 넘치고 잎이 무성해지면 잘 보이지 않는다. 그 사랑의 보금자리는 어찌나 튼튼하게 집을 짓는지 천연 요새, 그곳에 다섯 개 안팎의 알을 낳아, 20일 정도 가슴에 품어 태동시켜 한 달여 동안 사랑 담아 어미 곁을 떠나보낸다고 한다. 그 시절 그 까치집과 미루나무는 언덕에 없다. 행운의 길조로 언제나 내 맘속에 존재하지만….

얼마 전 내 밭을 찾아왔던 까치를 본 후 가슴앓이했던 어린 시절이 떠올랐다. 국민학교(초등학교) 육학년 때였다. 집에 와 보니 미루나무가 사라졌다. 잔가지와 까치집은 언덕 여기저기에 흩어져 있었다. 고향 집 뒷산에 가득했던 오동나무, 참나무, 소나무도 함께 말이다. 냉혹한 벌목이었다. 자연에 대한 잔인한 기운으로 가득했다. 우리 가족의 역사와 함께했던 고목 신사 미루나무는 성냥공장에 팔렸다. 내 친구의 보금자리를 안고 살았던 선한 미루나무였다.

이제 내 고향 집 근처에는 까치집을 찾아볼 수 없다. 까치가 집 지을 만한 터전이 없기 때문일 것이다. 반가운 손님이 올 것을 예언한다는 까치, 그날 까치집의 흔적을 태우며 형을 원망했다.

텃새, 행운의 새. 내 친구야, 내가 심어 놓은 농작물을 먹어도 괜찮다. 너 또한 유해 곤충을 잡아먹으니 주고받는 것이 아니냐. 올해도 변함없이 널 위해 내 작은 언덕에 홍시를 가득히

남겨 놓겠다고 약속할게. (2020. 5.)

*까치 정보 출처: 국립중앙과학관-우리나라 텃새

---

1) 설燒: 불사르다. 태우다.

견공犬公이라 부르리 1

견공들과의 인연은 벌써 삼십 년 이상 되었다. 그 세월 동안 가족처럼 함께 지내고 있다. 결코 내가 좋아서 키운 것은 아니었다. 아내의 극성에 못 이겨 그랬다.

난 개를 집 안팎에서 키우는 것이 정말로 싫었다. 그럼에도 불구하고 아내는 지인이나 동물병원에서 분양받아 왔다. 키울 것인가, 말 것인가라는 의견 충돌이 다반사였다. 난 녀석들이 눈앞에 보이면 다리로 밀어냈다. 거실 바닥에 실수라도 하면 나의 분노는 극에 달했다. 이쯤 되면 부부싸움은 개로 시작되어 개싸움처럼 끝난 적이 한두 번이 아니었다.

아내와 난 개 키우는 문제 해결을 위해 타협했다. 집 안에서 키우려면 성대 수술을 시킬 것, 향후 애완동물을 가져오지 않겠다는 다짐을 받았다. 하지만 그 약속은 지켜지지 않았다. 이번에는 농가주택에서 키우는 것을 허락해 달라고 애원하였다. 주말마다 시골집에 와서 정을 나눈다는 것이다. 동물을 사랑하는 사람 중엔 나쁜 사람이 없다는 둥, 아내와 막둥이의 애교 공세 합동 작전에 말려들고 말았다. 키우는 귀찮음이 내 몫인 줄을 알면서 말이다.

그 후 수많은 견공들이 내 당진살이 농가주택으로 보내졌다. 갖가지 사연으로 맺어진 녀석들, 내 손길을 거쳐 간 견공은 어림잡아 열여섯 마리나 되었다. 지금도 세 마리는 함께 지내고 있다. 오랜 세월 지켜보는 동안 한결같이 우리 가족을 대하는 태도가 변하지 않았다. 그 진실함은 표정으로 읽을 수 있다. 볼 때마다 웃는 녀석들의 얼굴엔 한결같이 진실함이 있다.

노인복지시설에서 놀이견이 필요하다는 요청이 있었다. 두 마리를 기증했다. 사전에 아내와 상의하지 않았다. 모처럼 주말에 내려온 아내는 막무가내 복지관으로 가자는 것이었다.

"앞장서시오."

라고 소리치는 아내를 보며 당황했다.

"나 보러 오는 거야, 개 보러 당진 오는 거야?"

주말부부 앵두빛처럼 정겨워야 되지 않겠는가. 그날은 고난했고 매우 슬펐다.

견犬들을 키우는 것은 정말 힘들고 귀찮다. 여행도 맘 편히 갈 수 없다. 사료 값이며 약값 대는 것도 만만치 않다. 연중행사인 털갈이는 소름주의보. 대소변은 왜 나만 보면 시작하는지, 몸집이 큰 만큼 똥자루도 크다. 달 보고 짖고, 들고양이라도 얼씬하면 한밤중에 합창한다. 비닐 덮은 밭고랑을 놀이터인 양 날뛰어 개차반으로 만들었다. 그날은 개 패듯 팬다는 것

사과나무는 착하다

이 무엇인지 몸소 실천했다. 지금 생각하면 그 잔인함에 후회가 막심하다.

그랬던 내가 그 녀석들을 견공犬公이라 부르게 되었다. 요즈음은 세 마리가 마당에서 놀고 있다. 하루 한 번 만나니. 오매불망 기다렸다는 듯 눈망울이 이슬 같다. 목을 갸우뚱거리며 꼬리를 흔든다. 배고픔일까, 기다린 사랑일까. 앞에 서면 쪼그려 앉아 날름날름 핥아 댄다. 엄마를 기다렸다는 것이 아닌가. 정이 가득한 눈망울이 더욱 사랑스럽다.

지금 나와 함께 살고 있는 견공犬公은 세 마리다. 너무 점잖기에 젠틀덕Gentle dog, 탤런트 유씨氏 얼굴을 닮은 '동근이'가 대문을 지켜 준다. 까매서 미움받고 쫓겨난 까만 '까뮈'가 있고, 누렁털이 곱슬곱슬 금빛인 '금동이'가 같이 산다.

이 견공들이 날 신뢰하고 믿고 따라 준 것처럼 내가 이 견공들을 진실로 사랑하고 최선을 다했는가 반성했다. 정말로 미안했다. (2019. 9.)

*PS: '견공犬公이라 부르리 2'에서는 열여섯 마리 견공들의 이름과 사연들을 소개하려 한다.

견공犬公이라 부르리 2

    삼십여 년 동안 맺어진 견공犬公들은 무려 열여섯 마리였다. 각각의 이름과 사연이 있다.

    처음 만난 강아지는 '사랑이'였다. 유기 장애견이었는데 세 발로도 달리기를 참 잘했다. 유난히 막내아들을 따랐고 경호원처럼 행동했다. 그러던 어느 날 갑자기 집을 나가 돌아오지 않았다. 막둥이 아들(초 1)은 집 근처 전봇대에 "사랑이를 돌려주세요. 100만 원 사례금을 드립니다."라고 붙여 놓았다. 정말 돌아오면 어쩌지! 걱정이 태산 같았다. 다행히(?) 강아지는 돌아오지 않았다.

    두 번째는 '산타'라는 슈나우저였다. 그 생김새가 산타클로스 할아버지를 닮았다 하여 지은 이름이다. 명견이라는 녀석이 대소변을 가리지 못했다. 결국 농가주택으로 보내져 천막에서 키웠다. 적응하지 못하여 안타까운 이별을 했다.

    세 번째는 '짱구' 시츄였다. 어린이 인기 만화 주인공 이름인데 막둥이 아들이 지었다.

    네 번째는 '춘향이'라는 푸들이었다. 세 마리 새끼를 낳았는데 어찌 그리 잘 키우는지, 똥오줌을 보약인 듯 먹어 치웠다.

                 사과나무는 착하다

일주일 이상을 새끼가 있는 곳에서 꼼짝도 않았다. 새끼 중에 작은 무녀리가 있었다. 건강한 놈들에게 밀려 엄마젖을 먹지 못해 발육 상태가 형편없었다. 그런데 놀라운 사실을 발견했다. 그 무녀리 새끼를 물고 책상 밑으로 들어가 젖을 먹이고 있지 않는가. 강한 모성애였다. 문득 '사람 못된 것 개만도 못하다'는 말이 떠올랐다.

다섯 번째 이름은 '홈home이'였다. 황토집 홈스테이home stay에서 키웠기에 홈이가 되었다. 잡종견에 작은 체구였지만 아주 영리했다. 외출 후 집에 와 보니 녀석의 모습이 보이지 않았다. 온 동네를 다니며 찾아보았지만 없었다. 아내가 목줄을 풀어놓은 것이 화근이 되었다. 다음 날 아침 고갯길 길 한편에 누워 있는 홈이를 발견했다. 내가 출근하는 도로를 따라 십 리 길을 헤매며 주인을 찾아 나선 것이 아닌가. 도로를 질주하다 차에 치였다. 꽁꽁 얼어붙은 홈이를 안고 통곡했다. 그날은 찬바람에 싸라기눈이 쏟아져 내렸었다. 홈이를 뒷산 언덕에 묻었다.

여섯 번째는 '언덕이'이다. 우리 집 언덕 길 옆에서 키웠기에 언덕이라 이름 지었다. 언제나 옆에 서면 큰 몸집을 비벼 대며 좋아했다. 온순함이 양보다 더했다. 하지만 언덕이는 내 실수로 돌아올 수 없는 곳으로 떠났다. 평생 씻을 수 없는 죄인, 참으로 나쁜 인간이라고 아내에게 낙인받았다. 인정했다. 그 사건 이후 보○탕은 평생 냄새조차 역겨웠다.

일곱 번째는 '중삼이'. 중학교 3학년 정도만 똑똑하라는 뜻이었다. 정말로 똑소리 나고 영리하게 행동했다. 탐내고 탐낸 선한 지인에게 분양했다.

여덟 번째는 대학교 앞마을에서 키워 대학생 정도의 아이큐 IQ를 기대하며 '대삼'이라 불렀다. 그렇지는 못했지만 귀여움을 독차지했다. 복지시설로 분양했다.

아홉 번째는 검정개 '델라'였다. 흑인 인권 운동가, 남아프리카공화국 대통령인 넬슨 만델라를 생각하며 지었다. 여덟 번째와 함께 복지시설로 분양했다.

열 번째는 '장군이'인데 눈썰매 끄는 놈의 8촌쯤 되는 잡종견이다. 아명은 동근이다. 막둥이가 탤런트처럼 잘생겼다 하여 지은 이름이다. 젠틀dog, 얼굴이 탤런트 유씨氏를 닮아서 지은 이름이다. 열한 번째인 '소리'를 비밀리에 임신시켰다.

열한 번째는 '소리'였다. 지금 살고 있는 동네 사기소리 지명을 딴 것이었다. 열 번째 장군이 씨를 받아 일곱 마리 새끼를 낳아 여섯 마리를 분양하였다. 한 마리 남은 강아지가 열두 번째였다. 양처럼 하얀 털이 복실복실 눈송이 같아 '복송이'라 불렀다.

사과나무는 착하다

열세 번째는 참·들·고추마을방앗간 주인이 키우던 '참돌이', '들순이' 부부였다. 새끼 두 마리를 낳았다. 열네 번째로 '참깨, 들깨'라 불렀다. 계속 키우려 했지만 원래 주인을 애타게 찾아 돌려보냈다.

열다섯 번째는 검둥견, 견종 차별로 까맣다고 버림받았다. 고독해 보여 이방인의 작가 '까뮈'라고 지었다.

열여섯 번째는 색시처럼 온순한 암컷이지만 '금동이'라 했다. 누렁털이 곱슬곱슬 금빛이어 '금동이'가 되었다. '장군이와 까뮈' 오빠와 농가주택에서 함께 살고 있다.

견공犬公들과 나름대로 재미있게 살아온 것도 삶의 역사가 되지 싶다. 지금 함께 있는 장군이, 까뮈, 금동이와는 서로의 생각을 주고받는다. 세 마리의 견공犬公들과 대화하며, 먹이를 주며 변치 말아야 할 진리를 찾았다. 그것은 삶 속에서 무엇인가를 극진히 사랑해 보아야 한다는 것이다. (2019. 9.)

큰아들을
좋아하는 까뮈

사과나무 세 그루를 텃밭에 심고

삼 년 전 사과나무 세 그루를 텃밭에 심었다. 귀향하면 심겠다고 생각한 것을 이제야 실천에 옮겼다. 벌써 세력이 좋아져 알알이 익어 가는 열매가 귀공자 같다. 내 어릴 적 추억의 사과나무는 아니지만 나름 보기에 좋다.

과수원은 우리 가족의 자랑이었다. 아버지는 사과나무 수백 주를 가꾸어 놓았다. 난 겨우 세 그루를 심었을 뿐이다. 그런데 허리가 끊어지도록 아팠다. 손발에 쥐가 나서 밤새 고생했다. 수고한 아버지의 고통을 이제야 알 듯했다. 그 시절 땅 파는 도구라고 해야 가래와 삽이 전부였다. 그런데도 어찌 그리 많이도 심었는지. 나무 사다리를 놓고 가지치기를 하던 강건한 모습도 생각났다. 사과나무를 소중히 여긴 아버지는 사과를 팔아 자식들을 먹이고 키우고 가르쳤다.

어린 시절 아버지의 과수원에서는 사과 줍기 쟁탈전이 벌어졌다. 과수원 한가운데 빨리 영그는 사과나무 한 그루가 있었기 때문이다. 새벽이면 손위 누나와 과수원으로 달렸다. 간밤에 떨어진 사과를 먼저 차지하려는 경쟁이었다. 누나의 뜀박질은 대단히 빨랐다. 항상 먼저 차지했던 누나가 미웠다. 그렇지만 누나는 두 개면 한 개를, 한 개면 반쪽을 나누었던 누나였다. 만약 내가 먼저 차지했다면 난 혼자 다 먹었을 것이다.

난 사과 먹기 대장이었다. 과수원집 아들이지만 한자리에서 여덟 개는 먹은 것 같다. 사과를 즐겨 먹었기에 건강한 체질인 것은 확실하다. 요즈음도 과일가게에 가면 가장 먼저 찾는 것은 사과다.

과수원집 가족들은 정품 사과는 먹을 수 없다. 새가 맛본 것, 바람에 떨어진 것 등 볼품없는 것만 먹는다. 대가족이 살았으니 서로 먹으려는 경쟁도 있었다. 그중에 새가 먹다 남긴 사과는 아주 맛있었고, 항상 내 차지였다. 그것만으로도 난 과수원집 아들로 행사하기에 충분했다. 배고픈 시절에 친구들에게 나누어 주며 대장 노릇을 했다. 하지만 과수원집 아들의 이름표는 날아갔다.

어느 날 하굣길에 쌀가마를 잔뜩 실은 우마차들이 늘어서서 이동하고 있었다. 마차 위에 책 보따리를 올려놓고 따라갔다. 어인 일인가. 도착한 곳은 우리 집 마당이었다. 철없는 나, 쌀밥을 실컷 먹을 수 있겠다며 즐거워했다. 그러나 즐거워할 일이 아니었다. 부엌에서 누나들의 울음소리가 들렸다. 당시 과수원은 쌀 이백 가마에 전부 팔렸다. 무슨 영문인지도 모른 채 며칠은 운 것 같다. 과수원 판 돈은 가족 중 한 사람이 어떤 사건에 연루되어 그 일을 해결하는 것에 쓰였다는 것을 알게 되었다.

사과밭은 일면식도 없는 홍씨에게 넘어갔다. 그 집 사람들은 모두 나의 적이었다. 특히 새 과수원집 딸이 더 미웠다. 어디서나 걔를 만날 때마다 사정없이 괴롭혔다. 어느 날 그 애 어머니가 사과 한 바구니를 가져왔다. 그 사과를 먹으며 눈물도 함께 삼켰다. 지금도 과수원을 지날 때는 가슴이 아린다. 아버지의 뜨거운 눈물이 사과나무였기에.

아버지에 대한 그리움, 과수원을 잃은 애환이 담긴 사과나무에게 말했다.

"사과나무야! 넌 우리 가족의 뿌리다. 네 몸에 불날까 봐 맹독, 화학비료, 단 한 번도 주지 않았다. 비록 서툰 기술이지만 아버지 어깨너머 배운 실력으로 가지치기를 한 것도 알고 있지. 지난봄 땅을 깊이 파고 천연거름을 넣은 것을 느꼈느냐. 네 몸통을 아작 내던 벌레 놈이 너무 미웠다. 놈은 네 살을 밖으로 밀어냈지. 그 구멍에 주사기로 친환경 약제를 넣은 것도 알고 있지. 아팠느냐!"

사과나무는 말이 없다.

세 그루 사과나무는 강하고 굳세었다. 강력한 폭풍우에 단한 개의 사과도 놓지 않았다. 한 가지에 다섯 개의 사과가 옹

기종기 매달려 있다. 두 개를 따냈다. 비록 때깔은 좋지 않지만 육질이 단단하고 향이 좋다. 맛도 일품이다. 지금은 사과나무를 볼 때마다 참 즐겁다. (2020. 7.)

텃밭의 사과나무들

사과나무는 착하다!

인간의 삶 속에 가장 의미 있는 과일은 사과apple인가! 아담은 사탄의 꾐에 빠진 이브의 말만 믿고 하나님의 명령을 어겼다. 그래서 사과를 먹은 최초의 인간이 되었다.

사과에 관한 심상찮은 얘깃거리는 많다. 명성 높은 '애플사 스티븐 잡스의 사과', '만유인력의 법칙 뉴턴의 사과', '나는 내일 지구의 종말이 오더라도 오늘 한 그루의 사과나무를 심겠다'던 스피노자의 사과, 그리고 '하루 한 알의 사과는 평생 의사를 필요로 하지 않는다'는 사과에 대한 예찬이 그렇다. 나름 깊이 생각해 볼 만한 것이다.

더 나아가 의미 있는 토마토 예찬 속에 사과가 있다. 토마토는 남자가 먹으면 '신이 내린 선물(정력 최고!)', 여성이 먹으면 '악마의 과일(바람!)'이 된다. 토마토가 붉게 익어 가며 의사의 얼굴은 점점 파래진다. 어느 나라 사람들은 토마토를 '사랑사과', '늑대사과'라는 애칭으로 부르기도 한다. 토마토가 건강에 좋다는 표현인데, 그 영양 가치는 인정받고 있다. 이것은 토마토나 사과가 최고의 건강식품이라는 의미일 것이다. 사과는 분명 가장 소중하고 귀한 과일임에 틀림없다.

사과나무는 봄이 되면 수액을 올려 생명을 보존하려 한다. 삼월이 지나기 전 가지치기(전지, 전장)를 당한다. 잘리고, 썰리고, 휘이고, 꺾이고, 묶이며 학대가 시작된다. '가지 많은 나무 바람 잘날 없다'는 것은 사람보다 사과나무에 해당되는 것이 아니겠는가! 자기결정권은 없다. 품질 좋은 사과를 얻으려는 인간한테 잔인하게 가지를 잘린다.

어디 그뿐이랴! 꽃이 피면 벌 나비가 몰려든 후 열매를 맺기 시작한다. 한 꼭지 여러 열매 중 가장 우성인 것만 남기고 모두 제거해 버린다. 그리고 그때부터 갖가지 맹독을 뿌려 댄다. 농약을 뿌리는 농부에게 물었다. 이 나무에서 열리는 사과를 당신이 먹을 거냐고 물었다. 농부 왈 "죽으려고 먹나? 우리 먹을 것은 저쪽에 따로 있유." 그랬다 한다.

요즈음 사과나무 학대는 더욱 고도화되었다. 농심은 사과나무를 일 미터 간격, 고밀식으로 심는다. 그리고 철기둥을 박아 사과나무 원기둥을 묶어 놓는다. 그것만이 아니다. 주지 가지가 50㎝ 이상 뻗지 못하도록 토막을 낸다. 나무 사이 거리 유지를 위함이다. 위로 향하는 가지도 잘라 버린다. 통풍과 햇빛을 잘 들게 해 좋은 꽃눈을 맺게 한다는 이유다. 또한 나뭇가지마다 물통이나 돌을 매달아 아래를 향하도록 끈으로 잡아맨다. 결국 사과나무는 인간이 만들어 낸 로봇 같다.

사과 한 알을 얻기 위해 농부는 수십 회 이상 공을 들인다. 그래서일까, 가지치기 등 뛰어난 농사짓는 기술을 예술이고 과학이라 한다. 사과나무가 침대인가! 결코 사과나무를 위한 것은 아니다. 오직 인간이 정해 놓은 목적을 위해서다.

사과나무는 인간의 원죄를 만들어 낸 산물인가! 아니다. 사과나무는 죄가 없다. 사과나무는 오직 착한 것이 죄다. 아담에게 먹힌 이유로 평생 가장 값지게 봉사하며 살고 있다. 인간을 위해 죽고 살고, 살고 죽기를 반복한다. 굵고, 맛나고, 때깔좋은 사과는 팔려 나간다. 살을 먹기 위해 피부를 깎아 낸다. 인간의 튼튼한 이로 씹혀 먹힌다.

사과의 일생은 하얀 피의 역사다. 인간에게 값진 영양 덩어리를 통째로 바치며 온갖 고초를 당한다. 사과가 맛있는 이유는 자신의 살을 먹고 씨를 강산에 뿌려 달라는 것, 종족을 번식시키려는 의도이다. 그것은 절대 지켜지지 않는다. 인간은 묘목으로 말한다.

이 지구상 식물 중에 인간으로부터 가장 많이 괴롭힘을 당하는 것은 사과나무다. 인간이 저지른 원죄의 마당에 있었던 죄, 먹힌 죄뿐인데, 그의 일생은 톱·칼·가위·농약의 위협에 살고 있다. 하지만 늘 감사하다며 인간에게 양식을 건넨다. 그러니 어찌 사과를 착하다고 말하지 않으리. 하나님도 사과를 선택

　　　　　　　　　　　　　사과나무는 착하다

해 놓으셨고, 스티븐잡스, 뉴턴, 스피노자도 그 위대함을 인정했다.

내가 심은 사과나무 세 그루가 지금 텃밭에 있다. 아직 설익은 반 빨간 사과 두 개를 따냈다. '하루 한 알의 사과는 평생 의사를 필요로 하지 않는다'는 진리를 믿는다.

살아 있는 생물이다. 사과나무는 착하다. 그래서 늘 감사하다. (2020. 7.)

착한 사과나무들

5부

삶과 죽음의 승화

마지막 잎새

:

누가 그랬던가. 4월은 잔인한 달이라고. 나에게 있어 오월
은 슬픈 달이다. 창밖 풍경은 초록으로 가득한데 내 가슴은 참
숯처럼 검다. 부모 같은 큰형이 요양원에 입소했다. 중복질환
으로 짧은 기간 내 와상상태[1]가 되었다. 그곳에 형님을 의탁
하고 돌아서는데 서늘한 기운이 엄습해 왔다.

작년까지만 해도 형은 일상생활의 대부분을 혼자 해결했었
다. 외출 시 동행한다고 해도 동생은 바쁜 사람이라며 도움을
거절했다. 엄청 위험한 수술도 이겨 낸 분이었다. 이제는 가족
앞에 당당한 그 모습을 보여 주지 못할 것 같다. 가족들은 영
원히 이별할 수 있다는 두려움에 빠져 있다.

지금 형은 투병 중에 있다. 두 종류의 캔서cancer[2]로 육체는
더욱 황폐해졌다. 게다가 욕창의 공포는 더욱 잔인하다. 건장
했던 몸은 수수깡처럼 가볍다. 차라리 정신적 뚜렷함이 없었
으면 좋겠다는 생각을 했다. 어제는 입원하신 곳에서 전화가
왔다.

"여기 가슴이 아파! 아파!"

고통을 호소했다고 한다. 가족 없는 고독한 병석에서 얼마

나 힘드셨을까. 서울에서 생활하던 내가 당진으로 내려와 형님과 가까이 기거한 지 이십 년 가까이 되었다. 하지만 내가 할 수 있는 것은 고작 시설로 안내하는 것뿐이었다.

짧은 며칠 동안 형은 시설로 갈 것을 결심했다. 평소 높은 지식으로 자신감과 자존감이 넘쳤던 분이었다. 그랬던 형이 이제 한순간에 갓난아기처럼 기저귀를 달고 살아야만 한다는 것. 분명 태어나고 살던 곳에서 생을 마감하기를 원했을진대, 형은 더 이상 자식들과 아내에게 짐 되는 것을 원치 않았다.

그 결심을 가슴에 담으며 지난 세월 형이 내게 준 감동을 기록해 본다. 고등학생 시절 '10대의 반항아'를 형은 먹이고, 입히고, 재우며 가르쳤다. 그 당시 난 연탄가스 중독으로 죽음의 문턱에 있었다. 정신이 돌아왔을 때 형은 9남매가 모인 곳에서 이렇게 말했다.

"쟤는 연탄가스 중독에서 깨어나자마자 언체인마이하트 Unchain My Heart[3]를 불렀지!"

동생의 뇌가 잘못된 것은 아닐까 큰 걱정을 했다고 했다. 그때 형의 심각했던 얼굴 표정이 떠올랐다.

또한 형은 동생의 통학을 배려하여 학교 근처로 이주를 했다. 그 시절은 경제적으로 절박한 시기, 형수의 쌀독 긁는 소리를 자주 들었다. 등록금을 기간 내 납부하지 못했다. 학교

가기 싫다며 뛰쳐나온 적이 있었다. 그날 오후 형수는 옥색 한복 차림으로 학교에 왔다. 빚낸 등록금과 함께 무엇인가 가져와서 담임 선생님 책상 위에 수줍게 올려놓았다. 담배 한 보루였다. 지금 생각하면 엄마였다. 민들레 하얀 꽃 같은 형의 아내였다.

많은 세월이 지난 후 난 형 곁으로 귀향하였다. 지척咫尺에 살면서도 자주 찾아뵙지 못했다. 그럴 때면 형은 먼저 전화를 했다.

"별일 없지? 우편물 왔네, 들르게."

"형님! 제가 먼저 안부 전화 드려야 되는데 죄송해요. 자주 들를게요."

하지만 일 년에 몇 번 명절과 부모님 추도예배 드릴 때가 전부였다. 그때면

"아버지·어머니, 죄송해요. 아우들아, 미안하네."

라며 울먹였다. 광활했던 옥토와 아름드리 산천초목, 형제들과의 우애, 가문의 영광을 이어 가지 못한 회안悔顔인 것을 이제야 알았다.

난 형이 건강할 때 고맙다는 말을 전하지 못했다. 맏형이니 부모처럼 한 것은 당연했다고 생각했다. 참으로 잘못된 생각이라는 것을 이제야 깨닫다니. 형은 진심으로 동생을 사랑했

사과나무는 착하다

고 최선을 다했던 분이었다.

이제는 송氏 가문의 VIP 한 사람과 이별할 순간에 놓여 있다. 시설문 안으로 들려 들어가는 형의 모습, 마지막 잎새처럼 가여웠다. 순간 이렇게 기도했다.

"인간을 자연사하도록 허락해 주옵소서. 병들어 썩어지는 감자처럼 고통 속에서 죽지 않게 하소서."

비록 누워 계셔도 동생을 알아보지 못해도 오래오래 사셨으면 참 좋겠다. (2020. 5. 13.)

*PS: 형은 2020년 5월 27일 오후, 영원히 긴 여행을 떠났다.

---

1) 와상상태: 의식 및 기능상태 저하로 침대에서 주로 생활하는 상태(타인의 도움 필요).

2) 캔서cancer: 암을 통틀어 부르는 외래어. 필자는 암이라고 표현하기 싫어 사용함.

3) 언체인마이하트Unchain My Heart: 미국의 전설적인 소울가수 레이찰스(1930~ 2004)가 부른 노래(내 마음을 풀어 주세요)

5월의 이별

오월은 슬픈 달이다
창밖 풍경은 초록인데 내 가슴은 참숯처럼 검다
부모 같은 큰 형이 요양원에 입소했다
그곳에 형님을 의탁하고 돌아설 때 서늘한 기운이 엄습해 왔다

엄청 위험한 수술도 이겨 낸 분
이제는 가족 앞에 당당한 그 모습을 보여 주지 못할 것 같다
가족들은 영원히 이별할 수 있다는 두려움에 빠져 있다

지금 형은 투병 중에 있다
두 종류의 캔서cancer[1]로 육체는 더욱 황폐해졌다
게다가 욕창의 공포는 더욱 잔인하다
건장했던 몸은 수수깡처럼 가볍다
어제는 병실에서
"여기 가슴이 아파! 아파!"
  고통을 호소했다고 한다
  고독한 병석에서 얼마나 힘드셨을까

사과나무는 착하다

이제 송氏 가문의 VIP 한 사람과 이별할 순간에 놓여 있다
시설문 안으로 들려 들어가는 형의 모습
마지막 잎새처럼 가여웠다

비록 누워 계셔도
동생을 알아보지 못해도 오래오래 계셨으면 참 좋겠다

형은 이천이십 년 오월 이십칠 일
영원히 긴 여행을 떠났다

*PS: 수필 「마지막 잎새」 중에서

---

1) 캔서cancer: 암을 통틀어 부르는 외래어. 필자는 암이라고 표현하기 싫어 사용함.

올드보이

일주일 사이 구순인 친형과 육촌 형이 요단강을 건넜다. 생의 끝은 참으로 안타까웠다. 육신은 파김치가 되었지만 정신세계는 청아淸雅했다. 초 단위로 황폐해 가는 절망의 순간들, 병마와의 싸움은 결국 패하고 말았다.

제단 위 친형의 영정 사진을 보니 가슴이 찡했다. 하필이면 저렇게 늙어 보이는 사진을 준비했을까. 어느 장례식장에 갔을 때 지인의 영정 사진을 보았다. 코스모스 길에서 활짝 웃고 있었다. 생전의 모습을 보는 것 같아 보기에 좋았다. 얼른 전화기를 꺼냈다. 저장되어 있는 사진 중에서 건강한 내 모습의 사진을 찾아냈다.

"큰아들! 내가 죽으면 이 사진을 영정 사진으로 올려다오."

가족 카톡방에 올렸다.

사람들은 아흔 살에 떠났다고 호상이라 했다. 그 말을 전하는 자가 볼썽사납다. 영원한 이별의 아쉬움은 잠시, 얼굴 표정들은 무겁지 않다. 슬픈 기색도 별로 없다. 향후 이십 년 지나 구십에 내가 세상을 떠났을 때 두 아들이 호상이라며 웃지는 않을까! 조금은 슬퍼지고 슬그머니 화가 났다.

상주가 자신과 관계된 문상객이 오면 식당으로 따라 나간다. 그들의 웃음소리가 적지 않다. 그런 모습들의 품새가 눈에 거슬렸다. 자리를 지켜야 하는데 상주가 없다. 형의 동생인 내가 숙부로서 충언했지만 허사였다. 할 수 없이 내가 자리를 지키면서 문상객이 올 때마다 상주를 불렀다.

두 형과의 이별 후 내 자신을 돌아보니 만감이 교차했다. 내 나이 망팔望八이 되었다. 사전적 의미는 이제 칠십일 세가 되었으니 팔십 세까지도 넉넉히 살 수 있겠다는 뜻, 여든을 바라본다는 뜻이라고 되어 있다. 그 세월 바람 앞의 등불처럼 살아온 것 같다. 지금부터라도 더욱 건강하게 잘 살다가 떠날 수 있도록 준비해야지 싶다.

이쯤에서 내 신체적 상태는 어떤 지경에 와 있는 건지 정리해 보았다. 머리카락은 서리 내린 지 이미 오래다. 빠지는 머리털은 한 줌이고. 그놈의 비듬 때문에 검은색 상의는 엄두도 못 낸다. 보톡스 맞아 볼까, 팔자 주름 잡아 밀어 올려 본다. 눈가 주름은 눈웃음이라 위로되고. 등짝, 코, 귀, 눈은 왜 이렇게 가려운지, 이와 잇몸은 이삼천은 족히 투자했는데 지진 난 듯 수시로 흔들린다. 목선은 주름이요, 그놈의 코털은 왜 밖으로 삐죽이 내미는지, 두꺼비 같은 손등은 남 앞에 내어놓기 싫다.

지금 여기 거울 속에 보이는 내 몸이다. 엉덩이는 영락없이 방금 태어난 송아지 엉치 같다. 이것이 매력이라는 아내 칭찬(?)이 엊그제 같은데. 잔바람에도 흔들릴 것 같은 허벅지와 장딴지는 탄력을 잃어 간다. 뼛속에 바람 들어온다는 아버지처럼 나도 그렇다. 쏙쏙 쑤시고 아프다. 요즈음은 머리 감고 일어날 때가 제일 힘들다.

이제는 배꼽 아래쪽을 본다. 남들이 웃어도 괜찮다. 음경 외피는 고무줄 늘어난 속고쟁이처럼 내려간다. 끌어 올려야 답답함이 없어진다. 정자 보관소는 비 맞은 솜바지처럼 가엾다. 그 복분자 유래는 어디 가고 병아리 오줌만큼 내보내기도 힘들다. 전립선 타령이 절로 나온다. 곡도穀道(대장과 항문의 學名)의 고장이다. 괄약근이 찌질한 것은 아닌가. 별명이 '먹구똥'이었던 조카가 있었는데 요즈음 내가 그렇다. 하루에 삼세번 큰 것을 본다. 이럴 때도 삼세번이 적용되는가.

이제 정말 노인이 된 것인가! 한 장 한 장 달력을 찢을 때마다 느낌이 온다. 자고 일어나면 또 내일이 올 것같이 세월은 화살처럼 간다. 65세부터 칠십구 세는 중년이고 백 세 이상을 장수노인이라고 UN은 권고했다. 소중한 내 육체와 정신을 위해 아무렇게 살 수는 없다. 오늘 이 시간부터 다시 시작하자. 운동도 열심히, 잘 먹고 잘 쉬어야겠다.

형이 세상을 떠난 후 막내아들에게 이렇게 말했다.

"내가 아들 나이로 돌아가 인생을 다시 시작한다면 대통령 될 자신이 있다. 지나가면 돌이킬 수 없다. 후회하면 때는 늦는다. 지금 시작하라! 꿈은 이루어진다Dream come True!"

책상 위도, 서랍도, 가방도 말끔히 정리해 두어야겠다. 가끔 날아오는 야동도 즉시 보고 날려 버려야겠다. 그래야 뒤탈이 없겠지.

요 며칠 사이 내 삶에 관하여 가장 많이 생각해 본 긴 시간이었다. (2020. 5.)

자살의 함정 ⋮

　인간이 죽고 사는 것은 신의 뜻이다. 성경에 보면 백 살을 훨씬 넘어 사는 경우가 기록되어 있다. 그것은 자연사를 말하는 것 같다. 그런데 요즈음 그 뜻이 거역되는 사건이 종종 발생했다. 자살과 타살의 경우다.

　남의 손에 죽는 것은 분명 타살이다. 역사적으로 볼 때 6·25, 4·19, 5·18 등을 거치며 수많은 사람이 사망했다. 이때의 죽음은 분명 타살이다. 하지만 만인을 위한 항거의 죽음이기에 자살이다. 잔인한 괴수들 놀음에 죽을 줄 알면서도 자신의 전부를 던졌다. 안중근, 윤봉길, 유관순, 이순신의 죽음은 타살이지만 위대한 자살이다. 값진 죽음으로써 역사에 길이 빛났다.

　요즈음 스스로 자기의 목숨을 끊는 사람들이 종종 있다. 어찌 보면 바르고 정직하게 살았던 사람이다. 자신의 영역에서 최선을 다했던 사람들도 많다. 어찌 보면 위대함까지 있나고 생각했던 사람들이 그랬다.

　자살은 뇌와 심장의 영역이다. 불편한 뜨거움이 뇌와 심장을 자극하여 우울감이 증폭될 때 자폭한 결과라고 말하고 싶

　　　　　　　　　　　　　　사과나무는 착하다

다. 자신으로부터 발생한 잘잘못이 분노, 후회, 부정, 좌절과 절망감 속에서 생을 마감한 것일 게다. 생명을 끊음으로써 통렬하게 반성하고 죗값을 대신했다. 한순간의 실수가 인구에 회자되며 자신을 용서할 수 없기에 선택한 결과다.

아무리 용서받을 수 없는 일을 저질렀다 해도 자신의 목숨을 끊는 선택은 더욱 용서받을 수 없다. 따라서 성인들의 살신보국을 위한 타살만을 자살로 인정해 줄 수 있으리라.

나 역시 수년 전 생명 끊음을 시도하려 했다. 분노와 배신으로 절망감이 쌓이고 쌓였다. 아무것도 할 수 없어 열흘 가까이 한자리에 누워 있었다. 먹지도 않았다. 선물용으로 사 온 세라믹 부엌칼이 있었다. 그것을 챙겨 문을 박차고 나갔다. 원수 같은 자의 숨통을 끊고 나도 죽으리라 결정했다. 그의 집으로 차를 몰고 가는 동안 가족들이 눈앞에 어른거렸다. 샛길로 들어서면 바로 수십 미터에 그 집이 있었지만 지나쳤다.

그 힘든 우여곡절 중에 절친한 지인이 찾아왔다. 내 어려움을 알고 위로차 왔다. 그에게 전후 사정을 모두 말했다. 그를 없애고 나도 죽어야 된다는 이유도 함께. 그 지인의 대답이 절묘했다. 충분히 이해된다며 잘 생각했다, 언제 실행할 것이냐고 묻기까지 했다. 그러면서 말을 이어 갔다. 자신도 몇 년 전에 아내가 내부 고발성 모함으로 인하여 큰 위기가 있었다고 했다. 그 당시 나와 똑같은 심정이었다는 것이다. 그 어려움을 잊기 위해 외국에 있는 큰아들 집에서의 이야기를 들려주었다. 자신이 아들의 권총을 꺼내 들면서

"아들아! 이 총으로 그놈을 죽이고 싶다."

라고 하자, 한국으로 가지고 가라고 했다는 것이다. 아들은 아버지의 원통하고 분한 심정을 이해하고 위로하며

"그런데 그 권총이 공항에서 통과되려나 걱정이네요."

순간 아들의 지혜로움에 권총을 내려놓고 홀가분한 심정으로 귀국했다고 했다. 그 당시 지인의 지혜로운 충언이 아니었다면 돌이킬 수 없는 죄인이 되었을 것이다. 그 후 모든 것은 순조롭게 해결되었다.

자살의 함정은 순간이다. 나의 싸움이니 죽겠다는 결심으로 살아야 했다. 생명은 자신이 소유하고 있지만 결코 내 것이 아니다. 하나님으로부터 왔고 부모님이 주셨으니 내 것이 아니다. 자살은 곧 타살이다. 따라서 남을 살해한 것이니 가장 큰 죄인이 될 것이다. 나는 그렇게 자살의 함정에서 벗어났다.

사과나무는 착하다

가여운 동지여!

오늘은 참으로 슬픈 날입니다
하늘이 무너지고 땅이 꺼지는 고통입니다
칠흑 같은 어둠 속에서 님을 불러 봅니다
오호~
가여운 동지여!
생명의 불씨를 불어넣으시고 어찌 그리 가셨습니까
님은 지혜로우셨고
총명함이 넘치었고
촌철살인의 기개는 매서웠습니다

그까짓 것 돈 4천만 원 사실이건 아니건
당당히 밝히시고 바로 서시지 그랬습니까
아무도 님을 원망하지도
잘못했다고 말하지 못했을 것이외다
님은
그런 오만한 내용들이 대중에 회자됨을 부끄럽게 생각하시어
그 고독한 길을 택하셨나요

아~

그래도 그렇지요

어찌하여 천 길 낭떠러지 고층에서

'나를 내던지라'

명령을 내렸단 말입니까

가혹합니다

하지 말았어야 했습니다

아픕니다

너무 많이 아픕니다

절망으로 온몸이 오열하다

얼음장처럼 굳어집니다

님이 계셨기에

정의당은 보석처럼 빛났고

자랑스러웠으며 든든했습니다

어제 님이 계신 세브란스병원에 갔었습니다

수많은 조문 행렬 속에 젊은이들이 유독 많았습니다

저는 눈물이 났습니다

아직도 우리들이 생각하는 정의,

살아 있다는 것을 알았습니다
막내아들이 이런 카톡을 보내왔습니다

"괜찮은 진보정치인, 청렴한 이미지였는데
저런 분들이 떠나갈 때마다 너무나 가슴이 아픕니다
갓 서른 넘긴 아들이지만 느끼는 점이 많네요
더욱 당당하고 떳떳하게 살아가겠습니다."

님은
당신이 사랑했던 젊은이들에게
왜,
무엇을,
생각해야 하는지,
어떻게 살고 죽어야 하는지를
진정 소중한 삶은 무엇인가 일깨워 주신 분이셨구나
그리 생각했습니다

님의 용기,
삶의 가치,
희망 메시지들,

그 대단한 발자취는
영원히 남을 것입니다

오호~
죽어도 살아 계신 노회찬
동지시여!
고인이시여!
사랑하는 님이시여!

거기는 헐뜯고 망가져 가는 세상의
거친 일들이 없을 것이외다

가시는 길 쓸쓸하셔도
이제 편히 잠드소서

*PS: 2018년 7월 25일, 노회찬 님 장례식장을 다녀와서

사과나무는 착하다

죽으려면 잠시 기다려라

가끔은 우울할 때가 있다. 황혼이 어스름이 깔리는 저녁이면 더욱 그렇다. 불꽃같은 젊은 정열情熱, 한순간에 지나간 듯 세월이 무상無常하다. 요즈음은 거울 앞에 서기가 부끄럽다. 그 절망감을 잠시 느낀다. 문득 창문 열어 보이는 것은 청정 하늘인데 왜 눈물이 나는지. 내게도 흔한 노인성 우울증후군이 찾아온 게 아닌가 싶다. 이쯤이면 뇌에서 명령을 내린다.

"그러지 마라! 저 넓은 운동장으로 나아가라. 너를 다시 창조하라. 앞을 향해 뛰어라."

이것은 위기를 대처하는 내 자신의 처방전이다. 요즈음도 쉬지 않고 동분서주한다.

초겨울 함박눈이 내리는 저녁이었다. 평소 알고 지내던 지인으로부터 전화가 왔다.

"관장님! 저 죽으려고 아버님 산소에 왔어요."

자살하겠다는 것이다. 너무 차분한 목소리에 긴장은 더욱 고조되었다.

"죽으려면 잠시 기다려라."

그 말과 함께 통화를 지속하며 그곳으로 달려갔다. 한순간에 결정한 내 판단이 옳았다. 산소 옆 나무에는 노끈이 걸려 있었다. 조금만 늦었어도 그 여성은 생명 끊음을 감행했을 것이다. 어쩔 수 없이 헤어졌던 남편의 사망으로부터 온 우울증이었다. 전문가의 진단이 그랬다. 지금은 몸도 맘도 건강하게 잘 살고 있다.

현대인의 질병 중 우울증은 발병률이 매우 높다. 인간에게 올 수 있는 질병 중 네 번째라는 것이다. 그 우울증 환자의 15% 정도는 자살로 이어진다고 했다. 어느 유명 작가는 "자살이란 자신의 목숨이 자기 소유물임을 만천하에 행동으로 명확히 증명해 보이는 일, 피조물로서의 경거망동, 생명체로서의 절대 비극, 그러나 가장 강렬한 삶에의 갈망"이라며 자살에 대한 정의를 했다.

자살은 견딜 수 없는 고통의 결과로서 생명 끊음을 한 것이다. 그것에는 원인과 과정이 분명히 있다. 유명 연예인도, 정치인도, 명강사도, 우리들이 인정했고 존경했던 선구자도 그랬다.

최근에 자신의 생을 마감한 유명정치인이 있다. 자신의 목숨을 걸어 잘못을 인정했다. 바라기는 죗값이 있다면 달게 받고 살아 주었으면 했다. 그것은 내 욕심이다. 그의 뇌 속에 쌓인 결과물은 우울증이었을 것이다. 아무리 생각해도 그가 왜

사과나무는 착하다

그런 행동을 했을까? 지금 이 순간까지 풀리지 않는 수수께끼이다. 그는 여기에 와 일박 이 일 동안 미래 백 년, 천 년의 비전을 함께 나누었다.

그의 정신세계는 짧은 기간에 우울감이 폭주했다고 생각했다. 주변 사람들은 아무도 눈치채지 못했을 것이다. 해소할 수 없었던 일말一抹의 돌파구는 원초적 본능을 선택했나 싶다. 자아에서 초자아의 선택은 뒤로하고 결국 죄의 본능을 선택했을까! 그것이 그의 죄라면 그 행위가 잘못됨을 인정했고 그 값을 죽음으로 가름했다.

보이는 것은 보이지 않을 수 있다. 인간은 심각한 내면세계에서 폭발되는 우울감이 있다. 그 우울증이 분노하면 선택은 죽는다는 것이다. 하지만 내가 내 생명을 마음대로 결정할 권리는 없다. 오직 하나님이 그 역할을 할 것이다. 유명 작가의 자살 정의 중 '경거망동', '절대비극'이라는 단어에만 동의한다. 자살은 대부분 우울증과 연결되어 있다는 것이 보통 상식이다. 죽겠다는 사람 있나 내 주변을 살펴보자.

그의 죽음을 바라보며 요즈음 우울감이 더해지는 듯하다. 그래서 내게 명령하고 있다.

"그러지 마라! 저 넓은 운동장으로 나아가라. 너를 다시 창조하라. 앞을 향해 뛰어라."(2020. 8.)

참사람, 선구자를 보내며

이 땅 천년에 한 사람 나올 수 있는 선구자!
고인의 마지막 인사는
"모두 안녕"
이었소

순수했던 분 어찌 그 길을 택했나
당신의 고귀한 생각 더 많이 세상에 던졌어야 했는데
어찌 황망히 가셨나요

수많은 업적, 열정은
우리 곁에 거름처럼 쌓였는데
핏줄을 끊는 것이 마지막 선택이었나요

여인의 한과 아픔 때문에 떠났나요
사실이라면 밝히고 속죄하며
우리와 함께했어야 했죠

여기 황토집에서 하룻밤을 보내며
백 년, 천 년의 이야기를 했잖아요

지푸라기 같은 한 줌 인생살이
지금 너무 아픕니다

고인이시여!
고통 없는 그곳에서 편히 잠드소서 (2020.7)

이제 편히 잠드소서

늘 그립고 정겨운 곳은 고향이다. 여기서 산내들처럼 살으리. 이곳에서의 첫 직장은 지역자활센터이다. 이 센터는 사회복지 이용시설, 저소득층의 자활·자립을 위해 취·창업을 목표로 복지사업을 전개했다.

사회복지사는 참여주민을 자활가족이라 부른다. 센터의 가족들은 갖가지 사연을 갖고 있다. 그 인생길 아픈 것을 모으면 바닷가 모래알처럼 많을 것이다. 비록 물질의 축복은 부족했지만 대부분의 심성은 선량했다. 기관의 장은 자활주민을 위해 역동적으로 조직을 이끌어야 했다. 그 센터에서 정년한 지도 벌써 육 년이 지났다.

오랜 근무 기간 중 잊을 수 없는 슬픈 사건이 있었다. 재직 중 착하고 선한 분을 잃은 것이다. 어린 자녀와 함께 있는 집안 화장실에서 스카프에 목을 매어 떠났다. 아직도 그 이유를 모르겠다. 나는 시를 써 고인의 영전에 바쳤다.

가여운 님이여!
얼마나 아팠기에

그 뜨겁던 열정 어디 두고 떠났습니까

세상을 다시 보고 굳센 의지 모아 일어서려
이름도 모아more로 바꾸지 않았습니까
소중히 간직했던 두 아이를
삭막한 세상 여기 홀로 두고 어찌 그 길로 떠났나요
세상이 그렇게 싫었나요
어인 일로 가엾게 가셨나요!

미용사 국가자격 취득하면
맛난 요리 먹자고 약속했잖아요
열심히 공부하여 자격증 얻고
화사한 미소로 자랑하던 님
약속도 지키지 않고 떠나면 어떻게 해요

엊그제만 해도
구순 할머니 예쁘게 파마해 드렸잖아요
왜 그랬나요
스카프 한 폭에 생명을 매단 건
참으로 잘못된 선택이 아닌가요

남아 있는 사람들 어떻게 살라고

오호~
정말 미안해요
조금만 더 마음 열어 나눔의 시간 있었더라면
마음속 깊이 쌓인 고통을 알았을 터인데
미안해요, 정말 미안해요
저리고 아픕니다

그래요
세상사 모든 것 따지고 보면
백지 한 장 차이 행복과 불행일진대
어차피 떠났으니
슬픔도
고통도
괴로움도 없는 하늘나라에서
영원히 편히 잠드소서

모아 님!
송모아 님이시여!

요즈음 여러 사람들이 생을 마쳤다. 이 마감이 언젠가 내게
도 오리라는 통감이 엄습해 왔다. 절망의 순간, 그것은 숙명일
지니. 내게도 그 순간이 있었다는 것을 고백하면서 고인의 명
복을 빌었다.

보이게 하여 주옵소서

하늘이 없으니 별이 보이지 않습니다
땅이 없으니 길이 보이지 않습니다
바다가 없으니 등대가 없습니다
산이 없으니 나무가 보이지 않습니다
보이는 것은 빨간 핏빛 안개뿐입니다
가로막는 것은 거센 파도입니다

오호~ 절망의 4월
하늘도, 땅도, 바다도, 산도
모두 슬퍼합니다

기도해도 간절히 기도해도
아무도 오지 않습니다
올 수 있는 길이 없습니다

주여!
길을 열어 주옵소서

사과나무는 착하다

샛별같이 반짝일

아들이!

딸이!

돌아올 수 있도록 열어 주옵소서

열어 주시면 가겠나이다

겨자씨만큼 빛이라도 보이면 가겠나이다

보이게 하여 주옵소서!

여기 남아 아무것 할 수 없는 무능한

우리입니다

지금 여기

아버지, 어머니가 목 놓아 웁니다

눈에 넣어도

심장을 찢어 깊이 넣어도

아프지 않을 내 아이들

심장의 피는 검고, 하얗게 녹아내립니다

저 바다

저 한 조각 배

괴물 집단의 잔인함에
분노가 솟아오릅니다

잔인한 4월의 바다에서
너와 나 우리는 숨죽이며
영원히 여기 서 있습니다
결코
잊을 수 없기에…

사과나무는 착하다

삶의 관조와 여백
그리고 생명의 무늬 그리기
– 송영팔의 수필세계

한상렬 | 문학평론가

1. 내포內浦의 작가, 사회복자사의 토포필리아 Topophilia

내포內浦, 충청남도 당진의 작가, 송영팔의 수필집을 연다. 그의 작품 세계를 살피기 위해서는 문단 데뷔작인 「내포內浦의 봄」으로부터 출발해야 한다.

내포 땅, 당진은 내가 태어난 고향이다. 나를 발아하고 생명의 박동을 울려 살찌우게 한 대지이다. 그러니 어찌 소중하지 않으랴. 그래 언제나 귀함이 넘치는 곳이다. 풀 한 포기, 나무 한 그루, 심지어 한 줌의 흙마저, 졸졸 흐르는 시냇물까지 사랑이요, 생명이며, 나의 영혼이다. 열세 살 나이에 고향을 떠나 타향살이 사십 년 동안 내 머릿속을 떠나지 않는 것은 오로지 고향에서 살겠다는 생각이었다.

– 「내포內浦의 봄」에서

수필작가 송영팔이 수필문예지 『에세이포레』(2014년 여름호)를 통해 등단한 작품의 한 대목이다. 내포가 어디인가. 본디 내포는 가야산 앞뒤와 오서산 북쪽의 열 고을을 말한다. 지금의 아산시에 속한 신창현, 예산군의 옛 예산현, 덕산군, 대흥군 그리고 당진시의 옛 면천군, 당진현, 여기에 서산시의 옛 서산군, 해미현과 태안군의 옛 태안군, 홍성군의 옛 홍주목과 결성현을 두루 망라한 지역이 내포 지역이다.

작가 송영팔의 고향은 그 내포 땅, 당진이다. 당진에서 나 평생 일념으로 사회복지에 봉사하고 있는 이가 바로 작가 송영팔이다. 그가 수필작가로 등단하여 6년 만에 첫 수필집을 낸다 하니, 그의 작품 세계가 궁금하다. 이런저런 연유로 그와 일면식一面識이 있어, 그의 작품 세계를 살펴보기로 하였다. 무엇보다 그의 작품 세계를 살펴보기 위해서는 그 발화점의 단서를 「내포內浦의 봄」에서부터 출발해야 할 일이겠다. 한마디로 그의 꿈은 '고향바라기'일 것이다.

고향은 우리들의 모태이다. 고향 심기는 자연 보전에서 비롯된다. 디지털 시대에도 우리가 잊지 말아야 할 것은 아날로그의 세계이다. 낭만이 있고 미래를 노래하는 고향 땅이었으면 한다. 그래 한순간도 잊지 말아야 한다. 당진에 살며, 경영하며, 살리겠다는 이들 모두가 한순간도 당진을 사랑하는 마음을 변치 말아야 하지 않으랴. 아름답고 풍성한 고향 당진에서 행복하게 살기를 진정으로 소망한다.

－「내포內浦의 봄」에서

　　작가의 꿈은 '고향바라기'일 것이다. 그래 그는 누구보다 고향 지킴이의 역할을 다하고자 한다. 주말부부로 살면서도 평생 고향을 떠나지 않는 작가. 이런 토포필리아Topophilla는 '자연 보전', '생명 공경'에 이른다. 이른바 바이오필리아Biophilla, 생명애와 통한다.

　　게다가 그의 생애의 활동 범위는 사회복지이다. 인간 존중의 존재 인식이 그의 삶의 지주支柱요, 바탕이다. 이는 그의 수필을 통괄하는 주요인자인 동시에 창작 의도와도 맥락을 같이함은 당연한 일이겠다. "내포 땅에 봄이 오고 있다. 머지않아 아미산 진분홍 진달래도, 노란 개나리도, 순성길 매화도, 복수초도, 풍년화도 꽃을 피우리라. 슬금슬금 봄이 오고 있다.

그러면 당진을 사랑하는 이들의 입안에 사르르 침이 고이리라."(「내포(內浦의 봄」에서) 이런 그의 소망은 바로 고향이란 공간애인 토포필리아가 아닌가.

작가 송영팔의 해적이에 착목하면, 그의 이력은 화려하다. 그는 사회복지사요, 사회적기업의 대표이다. 그가 지금 당진돌봄사회서비스센터 대표이사로, 당진시사회적경제네트워크 회장, 사회복지법인 당진시사회복지협의회 회장, 당진요양보호사교육원 전임교수, 충남사회서비스지원단 운영위원, 서산시어르신아카데미 초빙강사 등의 일을 하고 있다. 그런가 하면 나루문학회 회장을 역임하기도 하였다. 한마디로 그는 사회복지사요, 수필작가이다. 이런 작가의 내재적 요인들은 자연스럽게 그의 작품에 농축되어 있을 것이 자명하다.

파스칼은 그의『팡세』의 첫 장에서 인간의 두 정신을 말하고 있다. 섬세의 정신과 기하학의 정신이 그것이다. 그는 누구보다도 섬세의 정신과 기하학적 정신을 두루 문학작품에서 구현하고 있는 작가일 것이다. 송영팔의 작품에는 일관하여 이런 파스칼의 정신세계를 담아내고 있어 독자에게 정서적 미감을 느끼게 한다.

무엇보다 송영팔의 수필에서 드러나는 수필의 세계는 포즈의 다양성이다. 섬세한 눈과 기하학적 시선으로 그가 바라보

사과나무는 착하다

는 세계는 일상에 대한 낯섦이요, 그 깊이 있는 성찰에 있을 것이다. 이는 작가가 착목하는 무의미한 현실에 대한 유의미화요, 체험의 낯설게 하기이기도 하다.

이를 고구하기 위해 평자가 선택한 텍스트를 통해 '사회복지사의 얼굴 그리기, 그 수필적 담론', '삶의 여백과 문명과의 거리 두기, 생명의 무늬 그리기', '죽음의 본질에 대한 성찰'이란 맥락에서 작가의 수필적 성 쌓기의 모습을 살펴보고자 한다.

2. 사회복지사의 얼굴 그리기, 그 수필적 담론

'사회복지사 선서문'은 "나는 모든 사람들이 인간다운 삶을 누릴 수 있도록, 인간 존엄성과 사회 정의의 신념을 바탕으로 개인, 가족, 집단, 조직, 지역사회, 전체사회와 함께한다."라고 시작된다. 그리고 "나는 언제나 소외되고 고통받는 사람들의 편에 서서, 저들의 인권과 권익을 지키며, 사회의 불의와 부정을 거부하고, 개인 이익보다 공공 이익을 앞세운다."는 문맥이 이어진다. 이는 사회복지사의 윤리강령이다.

작가 송영팔은 작가 이전에 사회복지사다. 사회복지사는 사회복지학적 지식을 활용한 사회문제를 분석·판단·해결하기 위한 방법을 고안하고 실행하는 사람이다. 송영팔의 작품에서는 이런 사회복지 문제에 대한 작가 나름의 현상에 대한 견해

와 함께 자신이 직접 체험한 사례나 에피소드들이 등장한다. 이런 화제는 대체로 정서적으로 독자에게 감흥을 주거나 미적 감동이나 언어적 미감을 발휘하기에는 무리가 있다. 논리적 사변에 흐를 염려가 있어서다. 그럼에도 그의 수필이 읽히는 이유는 그가 작가이기 때문일 것이다.

「사회복지사, 그는 누구인가!」라는 작품에서 보듯 이 수필은 다소 도전적이고 현실 비판적이다. 자칫 논리적 비약의 함정이 있을 수 있음에도 불구하고 이 수필이 화자가 평생 몸담은 사회복지사의 처우 문제나 사회적 보장의 문제를 솔직담백하게 노정시키고 있다.

사회복지의 진실은 이렇다. 물고기를 매번 잡아 주는 것은 옳지 않다. 수혜 대상자에게 낚시 도구를 제도적으로 공급하는 것이다. 그리고 도구의 사용법을 터득하게 한다. 또한 물고기를 잡을 수 있는 장소를 함께 찾아낸다. 스스로 취한 물고기를 요리하여 먹게 하고, 이웃사촌과도 나눌 수 있도록 생각하게 하는 것이다. 이것이 지역사회 공동체를 만들어 가는 사회복지의 진실이라고 생각한다.

― 「사회복지사, 그는 누구인가!」에서

화자의 '사회복지'에 대한 사유의 너비는 깊고 다층적이다. 이는 현실적으로 사회복지 문제를 최일선에서 적용하고 있는 관계로 이에 대한 다양한 견해를 피력하고 있다고 여겨진다. 「복지 생각」에서의 좌우의 '선별적 복지와 보편적 복지'의 충돌 문제도 화자에게는 관심사일 수밖에 없다. 이들 문제를 학교 급식 문제로 풀어 나간 화자의 견해도 앞서의 작품과 맥락을 같이한다.

　"사회복지는 인간의 삶 속에서 상위 개념이다. 우리들 가슴에 불어올 따뜻한 훈풍, 복지바람, 사회복지세는 복지명품이 될 것이다. 이 순간에 나는 사회복지사로서 이십여 년 동안 활동하며 과연 최선을 다했는가 뒤돌아보았다."(수필 「복지명품」에서)라는 자기 성찰은 사회복지사인 화자로서의 자기 얼굴 그리기일 것이다.

　화자의 수필적 사유의 세계는 여기서 그치지 않고 또 다른 수필적 담론으로 이어진다. 수필 「돌봄 일기」가 이에 해당한다. 이 수필은 앞서의 논리적·사변적인 수필과 괘를 달리한 정서적인 수필이다. 체험의 자기화, 서사적으로 진행된 이 수필은 자신의 체험을 소박하게 진술하고 있다. 화제는 독거어르신의 이동서비스다. 약속 시간 8시를 지키기 위해 중간에 사회복지 실습생을 태우고 독거어르신인 할머니 집을 찾아간다.

멀리 빗속에 우산이 보였다. 거지반 다 왔는데 "누가 이른 아침에 논두렁길에 서 있지 않은가. 설마 그분이, 바로 그 할머니였다." 감사한 마음은 뒷전이었다.

　　할머니는 지팡이를 짚고 우산을 들어 빠끔히 웃는 얼굴을 내밀었다.
　　"길이 미끄러워 우리 집까지 오면 위험할까 내가 여기까지 걸어왔지."
　　8시에 약속했는데 7시에 출발하신 것이다. 불과 오백 미터 길, 한 시간씩이나 앉고 서다, 아기 걸음마로 온 것이 아닌가. 감사한 마음은 뒷전이었다. 이 겨울비 미끄러운 길에 낙상이라도 했으면 어쩔 뻔했나. 할머니한테 소리를 질렀다.
　　"누가 여기까지 나오라 했어요."
　　"이쪽으로 올 줄 알고 미리 기다렸지."

－「돌봄 일기」에서

　　화자와 독거어르신의 대화가 독자의 가슴을 훈훈하게 한다. 기계적인 돌봄이 아닌 양자 사이의 교감이 여운처럼 가슴에 안긴다. 수필은 이렇게 인간화할 때 비로소 문학적 향기를 띠게

　　　　　　　　　　　사과나무는 착하다

마련이다. "할머니의 자애로운 마음은 이해되지만 너무 위험한 순간이었다. 정신이 번쩍 들었다. 이런 상황을 예측하여 안전에 대비하지 못한 것이었다. 다음부터 이러면 안 된다는 당부에 당부를 거듭했다."라는 화자의 자기 얼굴 그리기의 한 포즈를 감지하게 한다.

3. 삶의 관조, 여백의 미학

수필은 '보이는 그대로'를 비추는 평면적 거울이기보다는 '있는 그대로'를 갈라내는 프리즘과 같다고 한다. 그렇기에 좋은 수필을 쓰려면 깊이 생각하고, 밤낮으로 그 문제에 대하여 골몰해야 한다. 수필은 작가의 체험을 소재로 하지만 체험 그대로가 아니라, 이를 승화시키고 형상화시키는 작업이어야 하기 때문일 것이다. 이런 작업을 이끌어 내는 것을 관조觀照라고 하겠다. 이런 수필일수록 여운과 함축미가 깊어야 한다.

화자는 주말부부다. 각자의 삶이 있어서다. 아내는 매주 토요일이나 일요일에 화자가 자리 잡고 있는 당진으로 온다. 수필 「아내 연가戀歌」는 '연가'라는 그 상징적 언어적 기표가 어색하긴 하지만 부부 사이의 밀도감을 느끼게 한다. 그들 부부는 이십여 년 동안 줄곧 그 질서를 유지하고 있다.

그런 아내에겐 몇 가지 습관이 있다. 이 수필의 화제다. "아내는 몇 가지 습관을 갖고 있다. 제일은 반드시 우등 고속버스 앞쪽 1인석만을 이용하고, 제이는 맥반석 달걀 한 판을 구워 오고, 제삼은 내가 입을 옷 한 벌 이상을 구입해서 온다. 다음 으로는 강남고속버스터미널에서 빵을 사고 마지막으로 당진고 속버스터미널 광장에서 농산물을 구입한다."고 한다. 그 이유 는 이러하다.

① 아내가 우등 고속버스 앞쪽 1인석만을 고집하는 이유 가 있다. 뒤쪽에 앉으면 차멀미가 심하여 고통스럽다 는 것이고, 다른 하나는 생면부지의 남성이나 술에 취 한 사람이 옆 좌석에 앉을까 봐 그렇다고 한다. 졸면서 기대거나 술 냄새를 풍겨 멀미를 심하게 한 모양이다. 그래서 아내의 단골 좌석은 3번 아니면 6번이다.

② 다음은 맥반석 달걀 한 판 이상을 가져오는 이유를 이 렇게 설명한다.

"남편도 드시고, 기르는 장군이(강아지)도 먹고~!"

주말이 기다려지는 것은 아내를 기다리는 기쁨일까, 맥란을 챙기는 속셈일까. 내 맘 나도 모르겠다. 하지만 겹겹으로 묶인 맥란 보자기를 풀면 아내 맘이 그 속에

사과나무는 착하다

있다. 늘 따끈한 온기가 가득하다.

③ 내 옷 한 벌 이상 사 오는 습관은 '쇼핑 중독' 수준이다. 아내가 거주하는 지역에는 유명 백화점이 있는데 판매원이 시시때때로 연락할 정도로 단골 고객이다.

"이거 유명 메이커인데 정가는 십만 원, 단돈 일만 원에 샀어요."

이렇게 사들인 옷은 오리털 파카를 비롯하여 갖가지 의류를 합치면 1톤 트럭으로 실어 내고도 남을 양이다. 이 옷들은 아내 허락 없이 절대로 그 누구에게도 줄 수 없다는 점이 아쉽다.

④ 이번에는 빵 이야기이다. 아내가 서울터미널에서 사 오는 빵은 늘 정해져 있다. 길쭉한 크림빵 한 줄, 찹쌀도넛 두 개, 막대 치즈빵 두 개, 찹쌀공갈빵 두 개다. 이중, 세 개 정도만 먹고 대부분 냉장고에 방치했다가 버린다.

⑤ 마지막으로 당진에 도착하자마자 터미널 광장 노점상 할머니로부터 농산물을 구입한다. 그분과는 언제 사귀었는지 언니 동생 하는 사이로 발전하였다. 물건을 사

면 그 언니라는 분은 메밀묵이나 장아찌 등을 덤으로 준다. 이도 역시 냉장고에 쌓였다가 버린다.

– 「아내 연가戀歌」에서

이 작품은 이렇게 구조적 밀도감을 갖고 통일되게 주제 제시를 위해 일관되어 있다.

아내의 습관을 다섯 가지로 병렬한 열거된 사연들은 필시 아내가 남편에 비치는 사랑, 즉 연가戀歌에 다름이 없다. 그런데 문제는 밑줄 그은 부분과 같이 화자로 하여금 아내를 핀잔하거나 비난하게 된 데 있다. "매번 반복되는 내 잔소리에 '쪼잔하다'며 돌아오는 것은 핀잔이다. 웬일인지 요즈음 아내의 빵 사 오는 습관이 멈추어 있다."라는 대목에 이르면 작가의 창작 의도가 분명해진다. 존재 사태에 대한 역발상이요, 현실 자각이다.

다소 해학적인 이 수필은 부부 사이의 애정의 깊이와 함께 삶의 천착한 생활인의 예지마저 느끼게 한다. "내 맘 나도 모르겠다. 하지만 겹겹으로 묶인 맥란 보자기를 풀면 아내 맘이 그 속에 있다. 늘 따끈한 온기가 가득하다."거나, "다음에 또 옷 한 벌을 사 오면 내게 있는 옷 두 벌씩 버린다고 협박해도 소용없다."나, "매번 반복되는 내 잔소리에 '쪼잔하다'며 돌아오는 것은 핀잔이다."가 이를 방증한다.

   그런데 "웬일인지 요즈음 아내의 빵 사 오는 습관이 멈추어 있다."라는 대목에 이르면 아내의 전도된 행위 속에서 존재 사태를 바라보는 작가의 예지와 혜안이 빛난다.

   우리 부부는 나름대로 사연이 있어 떨어져 살고 있다. 그 여정旅程은 아프고 길었다. 아내의 대도시 삶과 나의 당진살이가 교차되어 숨 쉬는 생生의 순간들이었다. 이십여 년 기다림의 역사는 계속되었다. 기다리는 잔잔한 기쁨, 그리운 외로움, 오고 간 갈등들은 낙엽처럼 쌓여 거름이 되었다. 그것은 아련한 '당진터미널의 연가'로 둘의 가슴에 있다.
   아내의 기를 살리는 길은 그의 의사를 존중으로 감싸며 깊은 사랑을 주는 것이다. 당신을 사랑하오.
                                        ─「아내 연가戀歌」에서

   수필은 이렇게 일상의 소소한 화제를 담아내지만, 그 소재가 '삶의 여백'으로서의 독자를 감동시키고 가슴을 울리게 한다. 거대담론이 아닐지라도 독자의 가슴에 울림을 주고 차가워진 마음을 따사롭게 감싸 준다면, 문학의 목적은 이미 이룩

한 것이 아니겠는가. 「아내 연가戀歌」에 담긴 부부 사랑과 보편적 인간미가 돋보인다. 탄탄한 작품의 구조와 해석의 의미화가 빛나는 작품이다.

수필 「고백」에서는 화자 자신이 삼십 년 전에 저지른 '점유이탈물횡령' 사건을 고백하고 있다. 그가 타려던 버스를 놓치고 난 이후의 일이었다.

허망하게 떠난 버스 뒤 바닥에 무엇인가 떨어져 있었다. 오색복주머니였다. 벌써 저만치 달려 나간 버스를 바라보며 난감했지만 떠난 버스가 돌아올 리 만무했다. 내 바로 앞에서 버스를 타기 위해 안간힘을 썼던 두 아이 엄마의 것이 분명하지 싶다. 때론 손동작이 판단보다 빠를 때도 있다. 얼른 가방에 넣었다. 확인해 보니 깜짝 놀랄 만한 물건이 들어 있었다. 황금반지였다.

음흉한 생각이 머리를 흔들어 댔다. 갈등으로 심장이 뛰었다. 사무실 동료가 오늘 복 터졌다며 귀띔한 말이 내 안에서 사라지지 않았다.

"파출소 넘겨주면 절대로 주인 찾아 주지 않고 착복한다."

그 말에 긍정도 부정도 하기 싫었다. 너무 복잡하게 생각하지 말자. 본래 내 것이 아닌데 욕심내지 말자. 지금의

사과나무는 착하다

지구대인 파출소가 가까이 있었다. 한 걸음 한 걸음 발길
을 옮기며 생각했다.

-「고백」에서

어렵사리 버스를 타고 간 승객이 떨어뜨렸음직한 물건은 황
금반지였다. 화자의 갈등은 여기서부터였다. 궁색한 자신의
처지로 인해 화자는 파출소로 가지 않고 전당포로 향한다. 점
유이탈물 횡령이다. 습득물을 제 주인에게 돌려주지 않고 점
유한 죄. 오죽했으면 화자가 그리했겠는가만, 이제야 양심 고
백을 하는 이유가 어디에 있을까. 이쯤 이 수필은 화자의 집에
서 귀중품을 분실한 사건에 역지사지의 에피소드를 인용하고
있다.

그러구러 많은 세월이 흘러 그 사건은 까맣게 잊고 있었
다. 그러던 어느 해 내 집에서도 귀중품을 분실한 사건이
발생했다. 애지중지 모아 놓은 값진 물건을 잃어버렸다. 우
리 아이들 백일과 돌잔치 기념으로 받은 것들이었다. 아내
는 손수건에 쌓아 깨소금 빻는 작은 절구통에 보관 했다.
어느 날 이웃집에서 절구통을 빌려 달라기에 자루에 넣은
채로 절구통을 넘겨주었다. 그 속에 보관한 것을 까맣게

잊은 채였다. 절구통만 집으로 돌아왔다. 그런 것 없었다
고 잡아떼었다. 창백해진 아내의 얼굴을 보았다. 나는 분
노하여 경찰에 신고하겠다고 날뛰었다. 아내는 확실하지
도 않은데, 이웃사촌에게 그럴 수 없다며 한사코 말렸다.

– 「고백」에서

두 개의 에피소드를 연접 병렬시킨 이 수필은 "순간의 잘못
된 생각은 평생의 고통으로 남아 있다. 그 이후 내 손가락에
는 그 어떤 반지도 끼울 수가 없었다."라는 고백으로 의미화하
고 있다. "이제 나는 고백한다. 삼십 년 전 그때의 죄는 지금
도 내 안에 유효하다고."라는 결미의 진술이 오래도록 가슴에
남는 수필이다. 작가의 필력이 탄탄하며 관조적이고 사색적인
수필이다. 화자는 자신을 거울에 비추어 보듯 인생의 의미에
천착하면서 삶의 의미를 규명하려 하고 있다. 여운과 함축미
를 지니고 있는 작품이다.

4. 문명과의 거리 두기, 생명의 무늬 그리기

인간이 이루어 낸 문명이 긍정과 부정의 두 얼굴을 지니고
있다는 인식은 어쩌면 상식적인지도 모른다. 하지만 분명한
것은 문명 비판의 입장에서 자연 회귀의 향수와 문명의 괴물

같은 속성에 대한 혐오는 현대인의 의식 속에 상당한 위치를 차지하고 있다. 그렇다면 문명 비판은 피해의식에서의 탈출구를 모색하기 위한 길인지도 모른다. 문명과의 거리 두기이다.

집에 와 보니 미루나무가 사라졌다. 잔가지와 까치집은 언덕 여기저기에 흩어져 있었다. 고향 집 뒷산에 가득했던 오동나무, 참나무, 소나무도 함께 말이다. 냉혹한 벌목이었다. 자연에 대한 잔인한 기운으로 가득했다. 우리 가족의 역사와 함께했던 고목 신사 미루나무는 성냥공장에 팔렸다. 내 친구의 보금자리를 안고 살았던 선한 미루나무였다.

이제 내 고향 집 근처에는 까치집을 찾아볼 수 없다. 까치가 집 지을 만한 터전이 없기 때문일 것이다. 반가운 손님이 올 것을 예언한다는 까치, 그날 까치집의 흔적을 태우며 형을 원망했다.

－「까치집 설병(說病)」에서

이 수필은 문명 비판적이다. 화자는 느림의 추구, 문명 발달에 대한 역반응으로서 자연으로 돌아감, 복잡한 대도시의 생활과 도시인의 피곤한 일상에 대한 대안을 그리고 있다. 이 시대의 도전에 대한 다양한 반응일 것이다. "텃새, 행운의 새. 내 친구야, 내가 심어 놓은 농작물을 먹어도 괜찮다. 너 또한 유해 곤충을 잡아먹으니 주고받는 것이 아니냐."라는 결미의 진술이 유의미하다.

생명의 신비는 무한한 상상을 불러일으킨다. 자연의 품은 비단 정서의 출발점만이 아니라, 삶 그 자체이기도 하다. 하여 생명의 무늬는 살아 있음이요, 가치 있는 존재의 탐구일 것이다. 송영팔의 수필 창작의 모티브는 바로 이런 사유의 깊이와 맞닿아 있다고 하겠다.

수필 「거미설說」의 공간은 사기소沙器所 농가주택이다. "햇살 맞이로 뒷마당 쪽문을 열고 한 발을 내디뎠다. 그런데 이게 웬일인가. 무엇인가 안면을 덮쳤다. 미처 피할 새도 없었다. 그 끈적임에 소름마저 쫙 끼쳤다. 짜증을 넘어 화가 치밀었다. 순간 빗자루를 들었다. 땅바닥에 이놈을 내리쳐 밟아 버릴까. 잠시 머뭇거리는 순간, 놈은 감쪽같이 사라졌다."라고 한다. 화자와 거미의 만남의 장면이다.

[그놈이 내 집이 제 집인 양 허락도 없이 사냥터를 만든다. → 오늘은 참을 수 없었다. 지금까지 그냥 지켜보고 참아 준 내가 잘못이지. 네가 감히 내 앞을 막아? 놈을 찾아냈다. 처마 밑에 죽은 듯이 시치미를 떼고 숨어 있었다. "너를 죽일 수밖

　사과나무는 착하다

에 없다, 이 맹독을 뿌리겠다. 맛 좀 봐라!" → 모기약 통을 들이댔다. 하지만 놈의 생명을 끊어 버린다는 것, 너무 혹독한 처사이지 싶었다.] 거미와 화자와의 전쟁은 일촉즉발이다.

그런데 화자의 마음 안에 갈등이 인다. 여기서 그치지 않는다. [주말이면 아내가 서울서 내려왔다. 밖으로 나가던 아내가 갑자기 '악!' 하고 소리를 질렀다. (중략) 아내가 거미줄에 당했다. 온순한 아내였지만 방어 능력은 대단했다. 놈을 밟아 버리고 울며 서 있는 아내의 모습이 왠지 낯설어 보였다. 이미 거미는 사채로 변해 있었다. 이윽고 이곳을 삶터로 삼았던 거미의 삶은 막을 내렸다.] 전쟁의 종식이다.

문제는 "거죽만 남아 있는 거미의 주검은 애처로웠다."에 있다. "어쩔 수 없는 일이었다. 어쩌면 스스로를 위로하고 있었다. 한동안 나를 괴롭혔던 그와의 인연은 끝났다." 이 수필의 구조는 이런 서사적 과정을 통해 진행되고 사태의 해석인 의미화가 이어진다.

그 사망 사건이 지난 후에도 그들은 결코 나를 무서워하지 않았다. 계속해서 팔각의 덫을 목 좋은 곳에 펼쳐 놓고 있었다. 덫을 놓을 수밖에 없는 거미의 삶이 오늘따라 유의미하게 다가온다. 방충망 틈새로 파고드는 독한 모기 놈이 새까맣게 거미 덫에 걸려 있었다.

"너도 내게 도움을 주고 있었구나."

덫이 거기 있으니 그가 내게 해코지만 한 건 아니었다.

– 「거미설說」에서

화자와 거미 사이의 연결고리는 생명애인 바이오필리아 Biophillia에 있다. 하찮은 거미에까지 생명의식을 불어넣은 화자의 인식은 문명과 일정한 거리를 둔 '생명의 무늬 그리기'가 아닐까. 이런 작가 정신이 수필작가 송영팔의 작품을 읽게 하는 또 다른 포즈일 것이다.

5. 죽음의 본질에 대한 성찰

앞서의 생명애인 바이오필리아Biophillia는 '죽음'이란 사유의 화소와도 연결된다. 죽음은 피치 못할 운명이요, 거역할 수 없는 자연의 이법이다. 그러나 스토아 철학자들의 지혜대로라면, 우리는 그것들에 대한 관점과 태도만은 바꿀 수 있다고 한다. 아마도 작가 송영팔은 이런 스토아철학자들의 지혜를 자신의 사유의 세계에 인유해 온 듯하다.

그렇기에 「마지막 잎새」와 「올드보이」는 죽음이라는 다소 암울하고 긴장시키는 소재를 다루고 있음에도 불구하고, 작품의 어느 행간을 더듬어도 그런 눅눅한 분위기를 감지하기가 어렵다. 이는 무엇을 의미하는가? 기하학적 정신보다는 섬세의 정신이 작가를 지배하고, 사물을 새롭게 보고자 하는 작가 정신, 그리고 사물에 대한 건강성이 지배하고 있기 때문일 것이다. 하기에 항용 고통스럽고 비극적인 연민의 태도가 지배적이어야 할 죽음에 관한 사유가 건강하고 화평하게 전개되고 있다. 여기에는 그가 '존재론적 승화'라는 철학적 믿음을 배면에 깔고 있기 때문이 아닐까.

"창밖 풍경은 초록으로 가득한데 내 가슴은 참숯처럼 검다. 부모 같은 큰형이 요양원에 입소했다. 중복질환으로 짧은 기간 내 와상상태가 되었다. 그곳에 형님을 의탁하고 돌아서는데 서늘한 기운이 엄습해 왔다."라고 서두를 뗀 수필 「마지막 잎새」는 투병 중, 최근 세상을 떠난 화자의 형을 화제로 삼고 있다. 형에 대한 애틋한 정이 행간에 넘친다. 아울러 "광활했던 옥토와 아름드리 산천초목, 형제들과의 우애, 가문의 영광을 이어 가지 못한 회안悔顏인 것을 이제야 알았다."라는 존재 사태의 깊은 의미를 담고 있다.

"일주일 사이 구순인 친형과 육촌 형이 요단강을 건넜다. 생의 끝은 참으로 안타까웠다. 육신은 파김치가 되었지만 정신세계는 청아淸雅했다. 초 단위로 황폐해 가는 절망의 순간들,

병마와의 싸움은 결국 패하고 말았다." 수필 「올드보이」의 서두다.

    사람들은 아흔 살에 떠났다고 호상이라 했다. 그 말을 전하는 자가 볼썽사납다. 영원한 이별의 아쉬움은 잠시, 얼굴 표정들은 무겁지 않다. 슬픈 기색도 별로 없다. 향후 이십 년 지나 구십에 내가 세상을 떠났을 때 두 아들이 호상이라며 웃지는 않을까! 조금은 슬퍼지고 슬그머니 화가 났다.
    상주가 자신과 관계된 문상객이 오면 식당으로 따라 나간다. 그들의 웃음소리가 적지 않다. 그런 모습들의 품새가 눈에 거슬렸다. 자리를 지켜야 하는데 상주가 없다. 형의 동생인 내가 숙부로서 충언했지만 허사였다. 할 수 없이 내가 자리를 지키면서 문상객이 올 때마다 상주를 불렀다.

– 「올드보이」에서

    이처럼 수필은 자신의 체험을 중심으로 자각한 삶의 철학일 것이다. 누구나 노년에 이르고 죽음을 목전에 둔다. 다만 그 죽음을 어떤 인식으로 보느냐에 삶의 의미가 결정된다. 인간의 시간은 이렇게 흘러간다. 하지만 과거는 흘러가 사라지는

       사과나무는 착하다

게 아니라, 현재 안에 언제나 함께 있는 것이며 현재가 근거하고 있는 심연이자 바탕이다. 한마디로 현전하는 과거가 인간의 시간이다.

화자가 사유하는 죽음에 대한 단상은 자기 관조를 위한 언술이자, 나의 얼굴 그리기를 통한 자화상일 것이다. "두 형과의 이별 후 내 자신을 돌아보니 만감이 교차했다. 내 나이 망팔望八이 되었다. 사전적 의미는 이제 칠십일 세가 되었으니 팔십 세까지도 넉넉히 살 수 있겠다는 뜻, 여든을 바라본다는 뜻이라고 되어 있다. 그 세월 바람 앞의 등불처럼 살아온 것 같다. 지금부터라도 더욱 건강하게 잘 살다가 떠날 수 있도록 준비해야지 싶다."라는 언술은 죽음의 본질에 대한 성찰일 것이다.

이렇게 작가가 글을 쓰고자 할 때는 무엇보다도 자신을 객관화시키게 마련이다. 그러므로 자신을 단순한 자기 존재에 그치지 않고 확대하고자 하는 안목을 갖게 된다. 즉, 인간이라고 하는 근원적인 문제에 뿌리를 내리고 좀 더 견고하게 자신을 구축하는 작업을 통해 삶에 대한 나름의 가치를 발견하며, 진정 어린 자기와의 만남이 이루어지게 된다.

6. 나가는 말

이제 내포內浦, 충청남도 당진의 작가, 송영팔의 수필집을 닫고자 한다.

　작가 송영팔의 고향은 그 내포 땅, 당진이다. 당진에서 나 평생 일념으로 사회복지에 봉사하고 있는 이가 바로 작가 송영팔이다. 그의 수필 작품에는 사회복지사로 전 생애를 투신한 작가의 존재 인식과 더불어 생활인으로서의 작가 정신, 특히 토포필리아Topophilla를 바탕으로 '자연 보전', '생명 공경'에 이르는 바이오필리아Biophilla, 생명애가 일관되게 작품에서 구현되고 있다. 이를 요약하면, "삶의 관조와 여백 그리고 생명의 무늬 그리기"일 것이다.

　작가 송영팔이 이 수필집에서 지향하는 수필적 담론의 포즈는 이 글 모두冒頭에서의 제시와 같이 '사회복지사의 얼굴 그리기, 그 수필적 담론', '삶의 여백과 문명과의 거리 두기, 생명의 무늬 그리기', '죽음에 본질에 대한 성찰'로 대별할 수 있겠다. 이런 작가의 창작 의도는 그만의 수필적 성 쌓기로 유의미한 일이겠다.

　그는 누구보다도 섬세의 정신과 기하학직 정신을 두루 문학작품에서 구현하고 있는 작가일 것이다. 그의 작품에는 일관하여 이런 파스칼의 정신세계를 담아내고 있어 독자에게 정서적 미감을 느끼게 한다. 독자의 수필 읽기를 자극하게 한다.

　끝으로 작가라는 사람은 저마다 작은 연못 하나씩을 가지고

　　　　　　　　　　　　　　사과나무는 착하다

있다. 그 연못에 물이 고여 가득 차면 찰랑거리게 마련이다. 그럴 때에 작가는 사색의 두레박으로 가슴에 고인 물을 퍼 올린다. 특히 수필가의 경우에는 자신이 가지고 있는 철학적 관념과 인간의 보편적 진리와 질서에 혼융하여 그 발효의 날을 기다리게 된다.

송영팔의 수필집에는 이런 작가 정신이 담겨 있다. 그가 사색의 두레박으로 퍼 올린 사유의 세계가 우리들 가슴에 와 닿는다.